· 中国现代经典新诗集汇校本丛书 ·

给 战 斗 者

田间 著

王彪 李坤霖 汇校

金宏宇 易彬 主编

长江出版传媒 长江文艺出版社

图书在版编目（CIP）数据

给战斗者 / 田间著 ; 王彪, 李坤霖汇校. -- 武汉 : 长江文艺出版社, 2024. 12. -- （中国现代经典新诗集汇校本丛书 / 金宏宇, 易彬主编）. -- ISBN 978-7-5702-3794-4

Ⅰ. I226

中国国家版本馆 CIP 数据核字第 2024W4S018 号

给战斗者

GEI ZHANDOUZHE

责任编辑：王乃竹　　　　　　　　责任校对：程华清
封面设计：胡冰倩　　　　　　　　责任印制：邱　莉　丁　涛

出版：　长江出版传媒　　长江文艺出版社

地址：武汉市雄楚大街 268 号　　　邮编：430070

发行：长江文艺出版社

http://www.cjlap.com

印刷：中印南方印刷有限公司

开本：640 毫米×960 毫米　　1/16　　印张：27.25

版次：2024 年 12 月第 1 版　　　2024 年 12 月第 1 次印刷

行数：9504 行

定价：28.00 元

汇校说明

　　《给战斗者》是田间前期诗歌创作的代表作，1943年由胡风编辑、南天出版社出版发行。诗集中的诗作多短促、简练，如一声声情绪与声律交织的鼓点，以抑扬顿挫的呐喊给人以前进斗争的决心与力量，显现出抗战中国的诗歌新风尚。田间因之被誉为"时代的鼓手"。《给战斗者》的广泛影响力也使得诗集被多次印刷再版，有着丰富的版本谱系与复杂的修改过程。《给战斗者》的衰然成集及此后的再版修改不仅显现出诗人自身思想艺术的转向，也折射出整个社会的时代审美风尚与艺术规范的不断调整。期待这个汇校本能对田间及整个现代诗歌研究中的版本意识重建有所裨益。

　　一、《给战斗者》主要有以下几个版本（按出版刊行时间先后排序）：

　　（1）南天本，即初版本。1943年11月由南天出版社（桂林：太平路十号）出版，被列入胡风主编的"七月诗丛"。初版本为繁体竖排，印两千册，总经售为三户图书社（桂林：中北路）。此集共分六辑，收录三十八首诗作。其中第一辑六首，第二辑一首，第三辑五首，第四辑二首，第五辑街头诗十四首，第六辑小叙事诗十首。集前有田间《论我们时代底歌颂——一个诗

歌工作者向中国诗坛的祝福》的代序，集后有编者胡风撰写的
《后记》。

（2）希望本，即再版本。1947年1月由希望社在上海再
版重印。发行者为生活书店、上海书报杂志联合发行所，印数
2001~4000。该版以复制英国艺术家埃里克·吉尔（Eric Gill）
的木刻作品为封面，序跋及各辑收录诗歌情况均与初版本同。

（3）人文本54版。1954年6月由人民文学出版社一版一印。
发行者为新华书店。繁体横排，印数为1~15000，定价8500元。
该版本共八辑，收录五十首诗作。其中第一辑《给战斗者及其它》，
六首；第二辑《荣誉战士及其它》，五首；第三辑《街头诗一束》，
十七首；第四辑《小叙事诗一束》，十首；第五辑《祝山》外一
篇，二首；第六辑《我底田园》，八首；第七辑《她底歌》，一首；
第八辑《柏树》，一首。相较于希望社初版本，六辑扩充为八辑，
删去《给V.M.》《晚会》《早上，我们会操》《我不晓得那条路》
四首诗作，增补《哨兵呵》《毛泽东同志》《火车》《敢死队员》
《祝山》《我底枪》《叙诗》《苓蓼》《马莱》《蝴蝶》《伯父》《野
鸟底死》《山谷，夜》《山鹰》《她底歌》《柏树》等十六首诗作。
初版本前后的《代序》《后记》删去，集前增补一篇《小引》。

（4）人文本63版。1963年7月人民文学出版社北京一版三
印。发行者为新华书店。繁体横排，印数30201~40200，定价0.89
元，封面、封底为黄底白边白字。内容较人文本54版有较大变化。
该版共八辑，收录诗作与集前《小引》与人文本54版同，集后
增加《写在〈给战斗者〉的末页》一文。

（5）人文本78版。1978年9月人民文学出版社北京二版一印。新华书店北京发行所发行，中国青年出版社印刷厂印刷。简体横排，定价0.5元。该版本相较于人文本63版，删去四首诗作，增补八首诗作，共收录五十四首诗作，集后又增加《〈给战斗者〉重印补记》一文。其中，第三辑删去《肃清雇农意识》一首，增加《红羊角》《望延安》《井》《地道》《山里人》《女区长》《芦花荡》《我是雷声》八首；第四辑删去《回队》《夜景》二首；第八辑删去《柏树》一首。

（6）诗选本。1983年2月，《田间诗选》由人民文学出版社北京一版一印。新华书店北京发行所发行。印数1～23000，定价1元。该版本第一辑《给战斗者》（1935-1949）收录了人文本78版中《给战斗者》《毛泽东同志》《去破坏敌人底铁道》《多一些！》《红羊角》《望延安》《井》《地道》《山里人》《女区长》《芦花荡》《我是雷声》等十二首诗。

二、本书以南天本为底本，以希望本、人文本54版、人文本63版、人文本78版、诗选本及单篇诗作刊载于报刊的初刊本做汇校。体例如下：

（1）汇校选用作者生前刊行的版本，底本录入除繁体竖排转换为简体横排之外，其余一一照旧。

（2）《附录一》中新增诗作以初次收录的版本为底本，以此后版本汇校。

（3）本书以脚注形式进行汇校。

（4）凡文本中字、词、句、段落及标点符号有改动者，均将改动之处摘出校录。对行、段改动较大者则整体摘出校录。

同一处中几个版本都有变动者，按出版先后顺序排列。

（5）各版本中有脱字、漏字及模糊不清者，均以□代之。

不同版本收录诗作统计表

南天本、希望本	人文本54版、63版	人文本78版
第一辑 《中国底春天在号召着全人类》《棕红的土地》《这年代》《回忆着北方》《自由，向我们来了》《给战斗者》	第一辑：给战斗者及其它 《中国底春天在号召着全人类》(63版题目改为《中国底春天在鼓舞着全人类》)《棕红的土地》《这年代》《回忆着北方》《自由，向我们来了》《给战斗者》	第一辑：给战斗者及其它 《中国底春天在鼓舞着全人类》《棕红的土地》《这年代》《回忆着北方》《自由，向我们来了》《给战斗者》
第二辑 《给 V.M.》	第二辑：荣誉战士及其它 《荣誉战士》《五个人》《我们底进行曲》《儿童节》《关于工人》	第二辑：荣誉战士及其它 《荣誉战士》《五个人》《我们底进行曲》《儿童节》《关于工人》
第三辑 《荣誉战士》《晚会》《五个在商议》《早上，我们会操》《进行曲》	第三辑：街头诗一束 《哨兵呵》《毛泽东同志》《火车》《警告》《提高警惕》《肃清雇农意识》《给饲养员》《保卫战》《去破坏敌人底铁道》《给英雄们》《鞋子》《多一些！》《创办合作社》《投一票》《我是庄稼汉》《你看》《援助这大山沟吧！》	第三辑：街头诗一束 《哨兵呵》《毛泽东同志》《火车》《警告》《提高警惕》《给饲养员》《保卫战》《去破坏敌人底铁道》《给英雄们》《鞋子》《多一些！》《创办合作社》《投一票》《我是庄稼汉》《你看》《援助这大山沟吧！》《红羊角》《望延安》《井》《地道》《山里人》《女区长》《芦花荡》《我是雷声》

（续表）

南天本、希望本	人文本54版、63版	人文本78版
第四辑 《儿童节》《那些工人》	第四辑：小叙事诗一束 《敢死队员》《一杆枪和一个张义》《王良》《回队》《骡夫》《"烧掉旧的，盖新的……"》《夜景》《一百多个》《曲阳营》《自杀》	第四辑：小叙事诗一束 《敢死队员》《一杆枪和一个张义》《王良》《骡夫》《"烧掉旧的，盖新的……"》《一百多个》《曲阳营》《攻击》
第五辑　街头诗 《假使全中国不团结》《反对"太平观念"》《肃清不好意识》《给饲养员》《保卫战》《去破坏敌人的铁道》《粉碎敌人秋季大进攻》《鞋子》《多一些！》《创办合作社》《选举》《就像我黑黑的庄稼汉》《这土地在向你笑》《援助这大山沟吧！》	第五辑：《祝山》外一篇 《祝山》《我底枪》	第五辑：《祝山》外一篇 《祝山》《我底枪》

（续表）

南天本、希望本	人文本 54 版、63 版	人文本 78 版
第六辑　小叙事诗 　　《一杆枪和一个张义》《王良回队》《骡夫》《"烧掉旧的，盖新的……"》《我不晓得那条路》《他们为完成公粮而歌唱》《一百多个》《曲阳营》《自杀》	第六辑：我底田园 　　《叙诗》《苓莩》《马莱》《蝴蝶》《伯父》《野鸟底死》《山谷，夜》《山鹰》	第六辑：我底田园 　　《叙诗》《苓莩》《马莱》《蝴蝶》《伯父》《野鸟底死》《山谷，夜》《山鹰》
	第七辑：她底歌 　　《她底歌》	第七辑：她底歌 　　《她底歌》
	第八辑：柏树 　　《柏树》	
南天本共六辑，收录诗作三十八首，集前有田间《论我们时代底歌颂（代序）》，集后有胡风《后记》。希望本收录诗作与序跋和南天本同，有个别诗作题目略有调整。	人文本 54 版共八辑，收录诗作五十首，初版本中的《代序》与《后记》均删去，集前增补一篇《小引》；人文本 63 版与人文本 54 版收录诗作及集前《小引》同（个别诗作题目稍有调整），集后新增《写在〈给战斗者〉的末页》一文。	人文本 78 版共七辑，收录诗作五十四首，诗集前后有序跋，在人文本 63 版之后又增补《〈给战斗者〉重印补记》一文。

发表篇目统计表

篇目	发表刊物
《中国底春天在号召着全人类》	初刊于《新华日报》1938年1月28日第4版；又载于《新文摘旬刊》1938年2月1日，第1卷第4期。
《自由，向我们来了》	此诗与《我们应该生活的光明些》合题为《诗二首》,初刊于《烽火》1937年11月14日第11期；又载于《七月》1941年4月，第6卷第3期。
《给战斗者》	《七月》1938年1月1日，第6期。
《给V.M.》	《七月》1938年4月1日，第12期。
《荣誉战士》	《七月》1939年7月，第4卷第1期。
《晚会》	《七月》1938年3月1日，第10期。
《进行曲》	《文艺阵地》1939年1月16日，第2卷第7期。
《儿童节》	《七月》1938年5月1日，第3卷第1期。

（续表）

篇目	发表刊物
《那些工人》	《诗创作》1941 年 9 月 18 日，第三、四期合辑。
《肃清雇农意识》	《七月》1940 年 3 月，第 5 卷第 2 期。
《给饲养员》	
《鞋子》	
《反对"太平观念"》	
《多一些！》	
《去破坏敌人的铁道》	这组诗以《多一些（街头诗小集）》为题，载于《七月》1940 年 12 月，第 6 卷第 1、2 期合辑。其中《假使全中国不团结》又载于《诗与批评》1946 年 5 月，第 1 期。
《保卫战》	
《创办合作社》	
《假使全中国不团结》	
《粉碎敌人秋季大进攻》	
《这土地在向你笑》	
《援助这大山沟吧！》	
《选举》	
《就像我黑黑的庄稼汉》	
《王良》	《文化杂志》(桂林)1942 年 7 月 25 日，第 2 卷第 5 期。
《他们为完成公粮而歌唱》	《文化杂志》(桂林)1942 年 7 月 25 日，第 2 卷第 5 期。
《"烧掉旧的，盖新的……"》	《七月》1940 年 10 月，第 5 卷第 4 期。
《曲阳营》	《文学报》1943 年 5 月 10 日，新 1 卷第 1 期。

（续表）

篇目	发表刊物
《哨兵呵》 《假使我们不去打仗》	合题作《街头诗两首》，刊载于《新华日报》1945年6月11日，第4版。
《敢死队员》	《诗创作》1940年11月5日，第五期特大号。
《柏树》	此诗节选本刊载于《蚂蚁小集之四》1948年11月。

汇校版本书影

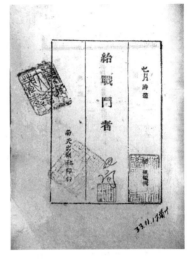

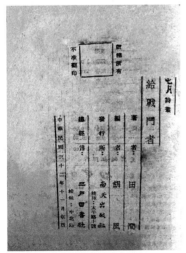

1943 年 11 月初版本

南天出版社

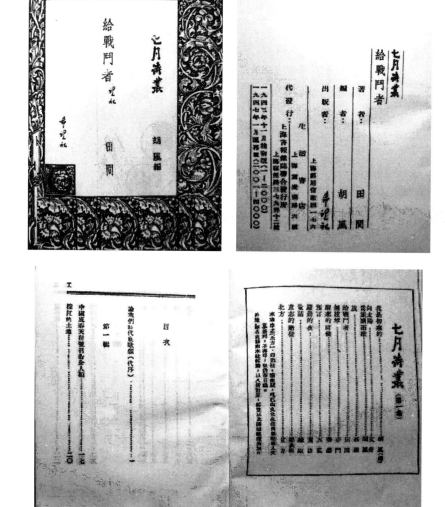

1947 年 1 月再版本

上海希望社

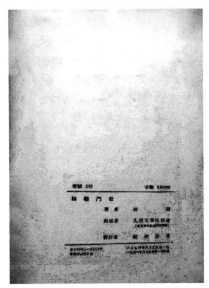

1954 年 6 月人文本 54 版

人民文学出版社

1963 年 7 月人文本 63 版

人民文学出版社

1978 年 9 月人文本 78 版

人民文学出版社

1983 年 2 月诗选本

人民文学出版社

目　录

第三辑

第四辑

第五辑

第六辑

附录一：新增诗歌

附录二：新增序跋

论我们时代底歌颂

——一个诗歌工作者向中国诗坛的祝福①

　　最尊贵的歌颂动员了，这歌颂冲荡在铁与血之间，在子弹与泥土之间，在夜与黎明之间，在侵略中国的仇敌②与保卫中国的人民们之间，是我们底忠勇的战斗者在歌唱了。他们已经离开了母亲的爱戴、妇人的怀抱、儿女的呼唤，他们已经离开了自己的③村落、个人的④房舍，而奔走，而叫啸于亚细亚暴风雨的年代底狂暴的天空下，于充满着忿恨的中国人民自己的大路上，穿过射击，穿过肉搏，而开始了一个贯串于被日本帝国主义者大屠杀的这殖民地底遍野的群众的歌颂、行列的歌颂、合队的歌颂。他们从日本帝国主义者灭亡我们的残暴的悲剧里，以骨肉抵御，以血反抗，在写着百万年代一直不可磨灭的，一直照耀着中国已生将生的子孙们底回忆的日子的史诗。⑤

　　当守卫着我们底前哨的斗士，当守卫着我们底田园的斗士，

---

　　① 此序初刊于《七月》1938 年 2 月 1 日，第 8 期。收入南天本、希望本，为诗集代序，人文本 54 版及此后诸版均删去。

　　②《七月》本"仇敌"作"仇敌们"。

　　③《七月》本"的"作"底"。

　　④《七月》本"的"作"底"。

　　⑤《七月》本"。"作"！"。

在唱着新的歌颂、斗争的歌颂，以养育着全中国人民底复活的歌颂似的日子，我们底诗人哪里去了，为什么显得没有声息呢？

对于我们底仇敌不可宽容，对于我们底仇敌必须扫除的日子，而对于我们底斗士不可冷淡，对于我们底斗士必须①援助的日子，为什么显得没有声息呢？我们底诗人！

在今天，我们底诗人，为什么显得没有声息呢？跑火②燃烧了以来，虽然，我们曾经兴奋地见过《国际纵队》《抗战三部曲》等出版的热烈，然而，狂喊是不是情绪的饱满呢？泛叫是不是突入了人民大众底颠沛的③离散的受难的心呢？是不是能够画出他们底挣扎的愿望的痕迹呢？虽然，我们曾经欣喜地听过《为祖国而歌》《同志》《血誓》《战儿行》《起来，八月的风暴》《旗差》《给敏子》④《他起来了》《雪落在中国的土地上》《我们要战争——直到我们自由了》片片的呼声，然而，这些可爱的呼声，殖民地底人性的呼声，给与这浩荡和广大的四万万五千万奴隶之群，给与一九三七年七月七日响动了的但我们不能预言是一九三八或一九三九或甚至一九四七年七月七日才能止终⑤的长期的神圣抗争就够满足了呢？

不呵！

不呵！在今天，全中国全人民都应该勇敢地，泼辣地，坚

① 《七月》本"必须"作"必需"。
② 《七月》本"跑火"作"炮火"。
③ 《七月》本此处有"，"。
④ 《七月》本此处有"《自由在暗中哭泣》"。
⑤ 希望本"止终"作"终止"。

强地，响亮地，不可受欺侮地，不可受禁止地，不可受迫害地，站在我们燃烧的火夜之中歌唱着，把新地①歌颂，斗争的歌颂，从我们底手里，从我们底灵魂里，从我们底宣誓与祝福里，传达到这殖民地底每一个污秽的、阴暗的、镣铐和锁链在奔走着的、不自由的角落里，传达到每一块沾染着弱小民族的呻吟、惨叫、狂呼的气味的土壤里，传达到那已经被杀死了的殖民地儿女与将要被杀死的殖民地儿女的躯壳里，传达到这殖民地底恐怖的村庄、血腥的栅栏，以及那些不能被主人哺养着的吐出最后的呼吸、呈出最后的脸色的小性畜②、小生命里……。

我们是颤栗在羞耻里面，苟安在卑污里面的，一个没有自由没有幸福的黑暗的民族。我们底祖国，我们底乡村，我们底家，更没有一点平安，更没有一点光明，更没有一点暖气。

今天，我们底诗人，伸出你底眼睛眺望吧：

在这殖民地每一个人生活着的地方，呼吸、睡眠、灯光、③……也不能平稳④——因为叛乱、射击、抢杀⑤、……就袭来了。而我们中间最需要的国民已经把灯光扭熄着……把自己躲藏着，过着日子……。⑥

---

①《七月》本、希望本"地"作"的"。

②《七月》本"性畜"作"牲畜"，这里疑为排版舛误。

③《七月》本此处无"、"。

④《七月》本"也不能平稳"作"也不能平稳地摆置着，"。

⑤《七月》本"抢杀"作"枪杀"。

⑥《七月》本此段之后另有一段："我们底国家，我们底生命，是更逼近危险了，然而，整千整万的斗士，在出入于战争里，在出入于死亡里，以维护着生命，自由，和平……我们底国家，我们底生命，也更逼近解放了……。"

在今天，作为一个殖民地诗人的任务，是应该赴汤蹈火的，是应该再把中国和它底人民推动向这神圣的民族战争的疆场①，更进一步，更进一步，而中国和它底人民，会热叫着殖民地底诗人，再把中国和它底人民唤醒呵！像瑞典底人民唤着赫休斯顿一样地说：再把瑞典和瑞典底人民唤醒呵②，赫休斯顿！中国和它底人民会热望着，有如苏联底马耶可夫斯基③，有如《起来哟马加尔人》的作者匈牙利底彼得斐，有如《假如我们应该死掉》的作者黑人④麦开，有如《给鞭挞我的残酷的世界》的作者黑人⑤克仑。……我们底诗人⑥能够在混乱的状态里清醒过来吗？能够把诗人自己底武器——歌颂的笔尖，接触到人民⑦生活的最紧张处，把歌颂的颜色涂染到人民⑧生活的最切实处，把歌颂的调子唱到人民大众生活的最生动处吗？这样说，不是祈祷我们底诗人把他底力量回顾到飘忽的、神秘的、苍茫的境界，这样说，不是祈祷我们底诗人一定要创造着那非经过最大的工夫就不能成功的，人类最崇高的像荷马的《奥得赛》一样的史诗、像哥德的《浮士德》一样的诗剧，在这人民大众从水深火

---

①《七月》本"神圣的民族战争的疆场"作"神圣底民族革命战争的疆场"。

②《七月》本"呵"作"啊"。

③《七月》本"有如苏联底马耶可夫斯基"作"有如《解放中国》的作者俄国底马耶可夫斯基"。

④《七月》本"黑人"作"黑人民族"。

⑤《七月》本"黑人"作"黑人民族"。

⑥《七月》本此处有"，"。

⑦《七月》本"人民"作"人民大众"。

⑧《七月》本"人民"作"人民大众"。

热的中国急企待切着地^①我们歌颂的日子，^②伟大的史诗和诗剧，是要装载着今天中国人民大众底斗争的整个故事；^③伟大的史诗和诗剧产生的节日、^④是要依赖我们底诗人今天最良善的、最忠实的、最大胆的创作的过程。所以，为着创作伟大的史诗和诗剧，今天我们底诗人必需接受生活的教训，必需准备未来的史诗和诗剧的篇幅的每一小章、每一小句，甚至每一个有生命的字汇。是的，我们底诗人^⑤已经提议了报告诗、朗诵诗……诸样式的尝试，这是很好的提议。不过^⑥我们又将怎样解释报告诗、朗诵诗等必须的适当的表现呢？我们不会忧虑到今天在亚细亚东部的^⑦奴隶诗人——这些提议者底^⑧用心是在于报告个人的，朗诵个人的，而我们诗人底^⑨目的正是要起来斗争，在要报告或朗诵这动乱时代中的真理底仇敌与真理底拥护者，在要报告或朗诵叛逆的案件与正义的案件。……无疑地^⑩，报告诗、朗诵诗等底功绩是在于^⑪能写在人民底斗争^⑫生活里，人民底

---

① 《七月》本"急企待切着地"作"急切地企待着"，此处疑为排版舛误。
② 《七月》本"，"作"。"。
③ 《七月》本"；"作"。"。
④ 《七月》本"、"作"，"。
⑤ 《七月》本此处有"，"。
⑥ 《七月》本此处有"，"。
⑦ 《七月》本"的"作"底"。
⑧ 《七月》本"底"作"的"。
⑨ 《七月》本"我们诗人底"作"我们底诗人的"。
⑩ 《七月》本"地"作"的"。
⑪ 《七月》本无"于"。
⑫ 《七月》本"斗争"作"战斗"。

斗争的胸怀里①，让人民②了解我们底诗人，就是在他们队伍里面。③我们底诗人也不幸得很，任何他底歌颂，也不能有他底多少读者，在这虽然是四万万五千万人民底辽阔的国度。当然，我们底诗人，不能把他底歌颂趋向低级化来拉拢大众，来毒害大众；所谓大众化的意思，我们以为是在于我们底歌颂不能离开人民④底战斗的意志，和我们诗人自己底生活也在人民⑤底生活之中。我们底歌颂⑥人民能得多了解一点，⑦多欢喜一点，就是诗歌平民化底不屈不挠的⑧努力多进步一点，多得一点效果，也多证明一点文学大众化的方向是正确的。在一些地方，为着要我们底歌颂能接近人民⑨，能够吻合人民⑩底生活之路，在一些地方，为着要我们歌颂能叫出情感，能叫出事实，……我们在祝福着我们底诗人，去找寻道路，去探索方向，去讨论形式，但我们更祝福着我们底诗人，首先考虑一下吧，首先要向今天人民大众倾向战斗的情感里面考虑一下吧。……过去的许多歌者，他们曾经暴乱地无知地制造着五更调小放牛……一类颓靡

---

① 《七月》本"人民底斗争的胸怀里"作"人民大众底战斗的胸怀里"。
② 《七月》本"人民"作"人民大众"。
③ 《七月》本此句后还有一句："但不幸得很，中国人民大众是生长在不幸得土地上，是生长在连他们自己到今天还不能懂得我们底诗人的歌颂的不幸里面。"
④ 《七月》本"人民"作"人民大众"。
⑤ 《七月》本"人民"作"人民大众"。
⑥ 《七月》本此处有","。
⑦ 《七月》本此处有"多接近一点，"。
⑧ 《七月》本"诗歌平民化底不屈不挠的"作"诗歌大众化底不挠不挠的"。
⑨ 《七月》本"人民"作"人民大众"。
⑩ 《七月》本"人民"作"人民大众"。

的谣曲。① 这充满了灰色的,屈服的,溶解精神和战斗力的音节,固然为过去顺民所熟悉,固然为过去的顺民生活在酒馆里,生活在娼院里,……所唱过了②,但时代流动了,人民③柔顺的姿势也变动了,他们底受苦,他们底遭殃,他们底遇敌,使他们不能再随便地歌唱了。他们是在呼号了,他们是在战争了,④他们疯狂地奔走与反抗,在告诉我们底诗人,他们是厌恶五更调小放牛,……一类谣曲底⑤可耻,而在盼望着唱新的歌,战斗⑥的歌了。……所以,报告诗、朗诵诗等诸样式底⑦创造,是为人民而创造,是属于人民的创造呵!尤其是朗诵诗,假如我们底诗人,能够把他底朗诵诗,运输到群众的集会里去,⑧能够让他们可以领悟一些,可以记忆一些,……到他们可以接受的时候,我们底诗人⑨将不会被世界和祖国遗弃的吧,⑩也将更不会被人民抛开的吧!报告诗底⑪特质,我们同样以为它是应该以强烈的语言、战斗的节奏、强壮的精短的姿态,报告人民底活动,

①《七月》本"……过去的许多歌者,他们曾经暴乱地无知地制造着五更调小放牛……一类颓靡的谣曲。"作"……为什么要这样饶舌地指出?因为我们不能为着大众化而沿用中国封建社会制度桎梏下的——剥削时代和宰割时代封锢下的歌者,他们也许是为帝王而屈膝的歌者,也许是欺骗人民和麻醉人民的歌者,他们曾经暴乱地无知地制造着五更调小放牛……一类颓靡的谣曲。"。

②《七月》本"唱过了"作"唱过了的"。

③《七月》本"人民"作"人民大众"。

④《七月》本","作"!"。

⑤《七月》本"谣曲底"作"淫曲的"。

⑥《七月》本"战斗"作"斗争"。

⑦《七月》本"底"作"的"。

⑧《七月》本此处有"到群众的队伍里去,到群众的手掌里去,"。

⑨《七月》本此处有","。

⑩《七月》本","作"!"。

⑪《七月》本"底"作"的"。

也向人民自己报告，① 它决不是悱恻的、柔绵的、低沉或者悲哀的音韵② ；否则，它和叙事诗有什么大的区别呢？

新的歌颂③ 的形式底发明，底建立，我们不要止于报告诗、朗诵诗、史诗、诗剧等，④ 还可以从我们今天已经提出了的新诗底⑤ 形式在获取了相当基础以后，我们再掘挖，掘挖出和报告诗、朗诵诗……另一种的，另一种⑥。为着新的歌颂、斗争的歌颂底全部历史，为着新的歌颂、斗争的歌颂能够播⑦ 在人类活动的领域里，而影响人类底活动的整个的神圣的机构⑧，嘲笑或诬蔑，让我们暂时忍耐吧。

神圣的、光荣的斗争，是各方面的，新的歌颂、斗争的歌颂也是各方面的。是人类的⑨ 诗，应该激动着战斗生活，但也在这战斗⑩ 生活里面，人类底诗，将要成长起来。……

让我们底歌颂符合着战斗者底步伐吧，让我们底歌颂迎接着英雄的呼声吧，让我们⑪ 诗人踏着为自由，为祖国而牺牲了的人民底⑫ 血迹去吧！在新的道路、斗争的道路上，让我们叙

---

① 《七月》本"，"作"。"。
② 《七月》本"低沉或者悲哀的音韵"作"低音或者悲哀的气韵"。
③ 《七月》本"新的歌颂"作"新的歌颂，斗争的歌颂"。
④ 《七月》本此处有"还可以从我们今天已经提出了的新诗的形式在求发展的工作旅途中，"。
⑤ 《七月》本"底"作"的"。
⑥ 《七月》本"另一种"作"另一种的"。
⑦ 《七月》本"播"作"广播"。
⑧ 《七月》本"机构"作"机械"。
⑨ 《七月》本"的"作"底"。
⑩ 《七月》本"战斗"作"战斗的"。
⑪ 《七月》本"我们"作"我们底"。
⑫ 《七月》本"底"作"的"。

述那永远不能泯灭的意志、欲望、梦，……给未死者，给求生者！

解放了的，与我们今天呼吸在艰苦的年代①，它底诗人们已经愉快地从他们灵魂底②活跃中诞生了"诗歌日"。他们已经能够在"五月二十四日"（即诗歌日）阔步地走进诗人区，走进一个新的国家③新的群众底呼声中，去歌颂今天底④辽阔、广大、自由、和平，去歌颂他们在别的国家里从没有过的自由的呼吸，去歌颂拥护祖国，去歌颂"在新卡尔加斯基的草原上……哥萨克准备：对向着敌方，若被侵略，我们就战争，将敌人驱逐出边疆，……顿河呵，我们还要更加的勇敢！"——但我们正生存在艰苦的年代，艰苦的斗争里面，⑤一九三七年七月七日，我们底斗争正面地展开⑥了，⑦全人民的未来将由于这一个伟大的七月七日开始了⑧神圣的战争，决定我们做主人或者做奴隶的命运，决定我们自由了或者毁灭了的命运。这伟大的七月七日，应该做为中国的"诗歌日"，为着纪念这神圣战争底开始⑨，我们应该更热烈地歌颂呵！要歌颂卑污的、黑暗的、受奴役的、不自由的中国和它底人民底奋起，从这半殖民地的河岸上、矿

---

①《七月》本"解放了的，与我们今天呼吸在艰苦的年代"作"解放了的苏维埃，当我们今天呼吸在艰苦的年代"。

②《七月》本"底"作"的"。

③《七月》本此处有"底"。

④《七月》本"去歌颂今天底"作"去歌颂今天苏维埃的"。

⑤《七月》本","作"。"。

⑥《七月》本"展开"作"开展"。

⑦《七月》本此处有"全中国，"。

⑧《七月》本此处有"的"。

⑨《七月》本"这神圣战争底开始"作"这神圣的战争的开始"。

山上、棉地上，……向敌人斗争，斗争。……

　　"我们要战争——直到我们自由了！"

　　　　　　　　　　　　　一九三八、一、一八。

第一辑 ①

---

① 人文本 54 版、人文本 63 版、人文本 78 版题作《给战斗者及其它》。

中国底春天在号召着全人类 ①
——又是一二、八 ② 了！

中国底春天

走过——

无花的

山谷，③

走过——④

无笑的

平原，⑤

望着它底这曾经活过了五千年的人民，⑥

人民底

---

① 此诗初刊于《新华日报》1938 年 1 月 28 日，第 4 版，又载于《新文摘旬刊》1938 年 2 月 1 日，第 1 卷第 4 期。后收入南天本、希望本、人文本 54 版、人文本 63 版、人文本 78 版。其中，收入人文本 63 版、人文本 78 版时题目改作《中国底春天在鼓舞着全人类》。

② 《新华日报》本、《新文摘旬刊》本"一二、八"作"'一二八'"；人文本 54 版、人文本 63 版、人文本 78 版"一二、八"作"'一·二八'"。

③ 《新文摘旬刊》本以上二行作一行"无花的山谷，"。

④ 《新华日报》本、《新文摘旬刊》本、人文本 54 版前后二节并作一节。

⑤ 《新文摘旬刊》本以上二行作一行"无笑的平原，"。

⑥ 《新华日报》本、《新文摘旬刊》本此行作"望见它底这曾经活过了五千年代的人民"。

肩膀 ①

在依着

壕沟， ②

人民底

手

在抚着

枪口

向法西斯军阀 ③

人民底 ④

公敌 ⑤

战斗 ⑥

---

① 《新华日报》本、《新文摘旬刊》本以上二行作一行"人民底肩膀"。

② 《新华日报》本此处无","。

③ 《新华日报》本此行作二行：

向法西斯

军阀

④ 《新华日报》本"人民底"作"人群底"。

⑤ 《新文摘旬刊》本以上九行作五行：

在依着壕沟

人民底手

在抚着枪口

向法西斯军阀

人群底公敌

⑥ 人文本 54 版、人文本 63 版、人文本 78 版以上十三行改作：

望着它底	手
曾经活过了五千年的人民，	在抚着
人民底	枪口，
肩膀	向法西斯军阀
在倚着	人民底公敌
壕沟，	坚决战斗。
人民底	

中国底春天是^①生长在战斗里^②
在战斗里号召着全人类^③

---

① 人文本 54 版此处删去"是"。

② 人文本 54 版、人文本 63 版、人文本 78 版行尾有","。

③《新文摘旬刊》本此后附记有"新华日报。一月二十八日";人文本 54 版、人文本 63 版、人文本 78 版行尾有"。";人文本 63 版、人文本 78 版"号召"作"鼓舞"。

土地①

在亚细亚

这泥壤② 上，

染污着

愤恨③，

侮辱；④

我祖国的⑤ 牧耕者呵，

离开卑污的沟壑，

和衰败的

村庄，

去战争吧，

去驱逐

帝国底⑥

---

① 此诗收入除诗选本以外诸本。其中，收入人文本 54 版、人文本 63 版、人文本 78 版时题目改作《棕红的土地》。

② 人文本 54 版、人文本 63 版、人文本 78 版"泥壤"作"泥土"。

③ 人文本 78 版"愤恨"作"怨恨"。

④ 人文本 54 版、人文本 63 版、人文本 78 版此行增补作二行：
蒙上了
侮辱。

⑤ 人文本 54 版、人文本 63 版、人文本 78 版"我祖国的"作"祖国底"。

⑥ 人文本 54 版、人文本 63 版、人文本 78 版"帝国底"作"日本帝国主义者底"。

军队；①

以我们顽强而广大的意志，

开始播种——

人类底

新生！ ②

---

① 人文本 54 版、人文本 63 版、人文本 78 版"；"作"。"。
② 人文本 54 版、人文本 63 版、人文本 78 版以上二行作一行"人类底新生！"。

这年代 ①

战争！

在出发着……②

母亲呵

沿着门槛，沿着墙壁，

祈祷着——

中国的 ③

婴儿，

从炮子的

喧哗里，

从铅弹的

嘈杂里 ④

生长哟；⑤

---

① 此诗收入除诗选本以外诸本。

② 人文本 54 版、人文本 63 版、人文本 78 版以上二行改作：

战斗的人们

已经出发了。

③ 人文本 54 版、人文本 63 版、人文本 78 版"的"作"底"。

④ 人文本 54 版、人文本 63 版此处有"，"。

⑤ 人文本 54 版、人文本 63 版"；"作"！"。

为自由，为祖国。①

战争！
在前进着……②

① 人文本 78 版以上六行改作：
莫要害怕，
枪弹的来到。
勇敢地成长呦，
为自由，为祖国。
② 人文本 54 版、人文本 63 版、人文本 78 版以上二行改作：
战斗的人们
在前进着……

回忆着北方 ①

北方，

日本②

在管束着，

颤动的祖国呀！

人民看见——

那沙漠，

那野园，

那荒血，

那婴孩，

…………

也被仇敌底眼睛检查③着，

被铁的机械

无边地④

———————

① 此诗收入除诗选本以外诸本。

② 人文本 54 版、人文本 63 版、人文本 78 版以上二行改作：

中国底北方

日本强盗

③ 人文本 78 版"检查"作"监视"。

④ 人文本 78 版以上二行改作：

被铁的镣铐

不幸地

锁着：①

呵！

北方，

战争来了，

我们来了。②

---

① 人文本 54 版、人文本 63 版、人文本 78 版"："作"。"。
② 希望本"。"作"，"；人文本 54 版、人文本 63 版、人文本 78 版"。"作"！"。

自由，向我们来了①

悲哀的

种族，②

我们必需③战争呵④！

九月的⑤窗外，

亚细亚的

田野上，

自由呵……⑥

从血底⑦那边，

从兄弟尸骸底⑧那边，

向我们来了，⑨

———————————

① 此诗原题《"自由"向我们来了……》，与《我们应该生活的光明些》合题为《诗二首》，初刊于《烽火》1937年11月14日第11期；又载于《七月》1941年4月，第6卷第3期。后收入除诗选本以外的诸本。

② 人文本78版以上二行改作：

英勇的

民族，

③ 人文本54版、人文本63版、人文本78版"必需"作"必须"。

④《七月》本"呵"作"啊"。

⑤《烽火》本"的"作"之"。

⑥《烽火》本此行作"自由——"。

⑦《烽火》本、《七月》本"底"作"的"。

⑧《烽火》本"尸骸底"作"骸骨的"；《七月》本"兄弟尸骸底"作"兄弟的尸骸"。

⑨《烽火》本此行作二行：

从祖国炮火闪照的那边，

向我们招呼着，……

像^① 暴风雨，

像^② 海燕。

给战斗者 ①

在没有灯光

没有热气的晚上，

我们底敌人 ②

来了，

从我们底 ③

手里，

从我们底 ④

怀抱里，

把无罪的伙伴，

关进强暴的 ⑤ 栅栏。

他们身上

裸露着

伤疤，

他们永远 ①

呼吸着

仇恨，

他们颤抖 ②，

在大连，在满洲的 ③

野营里，

让喝了酒的

吃了肉的

残忍的总管 ④，

用它底刀，

嬉戏着——

荒芜的

生命，

饥饿的

血……⑤

① 人文本 63 版、人文本 78 版、诗选本"永远"作"心头"。
② 人文本 78 版、诗选本"颤抖"作"呼唤"。
③ 人文本 54 版、人文本 63 版、人文本 78 版、诗选本"的"作"底"。
④ 人文本 54 版、人文本 63 版、人文本 78 版、诗选本"总管"作"野兽"。
⑤《七月》本此处有"。"；人文本 78 版、诗选本以上四行改作：
人民的
生命，
劳苦的
血……

一

亲爱的

人民！

人民，

在芦沟桥

…………

在丰台

…………

在这悲剧的种族生活着的南方与北方的地带里，

被日本帝国主义者底枪杀

斥醒了……

…………

二

是开始了伟大战斗的

七月呵！ ①

七月，

---

① 人文本 63 版、人文本 78 版、诗选本此行改作"七月，七月呵！"。

我们

起来了。

我们

起来了①

抚摩②悲愤③的

眼睛呀；④

我们

起来了，

揉擦红色的脚跟，

与黑色的

手指呀！⑤

我们

起来了，

在血的场上⑥，在血的沙漠上，在血的水流上，⑦

---

① 《七月》本、人文本 54 版、人文本 63 版、人文本 78 版、诗选本此处有"，"。

② 人文本 54 版"抚摩"作"抚摸"；人文本 63 版、人文本 78 版、诗选本"抚摩"作"睁起"。

③ 人文本 78 版、诗选本"悲愤"作"悲忿"。

④ 人文本 54 版、人文本 63 版、人文本 78 版、诗选本"；"作"。"。

⑤ 《七月》本"！"作"；"；人文本 54 版、人文本 63 版、人文本 78 版、诗选本"！"作"。"。

⑥ 《七月》本"场上"作"农场上"。

⑦ 人文本 54 版、人文本 63 版、人文本 78 版、诗选本此行改作三行：

在血的广场上，

在血的沙漠上，

在血的水流上，

守望着

中部，

边疆①。

经过冰雪，经过烟雾，

遥远地

遥远地

我们②

呼唤着

爱③与幸福，

自由和解放……

七月④

我们

起来了，

呼啸的河流呵，叛变的土地呵，爆烈的火焰呵，

和应该激动在这凄惨的地上⑤的

复活的

---

① 人文本54版、人文本63版、人文本78版、诗选本"边疆"作"和边疆"。
② 人文本63版、人文本78版、诗选本此行作"我们抬起头来，"。
③ 人文本78版、诗选本"爱"作"生"。
④ 《七月》本、人文本54版此处有"，"。
⑤ 《七月》本"地上"作"殖民地上"。

歌呵！　①

因为
我们是
生长在中国。②

在中国，
人民的 ③

---

① 人文本 54 版以上四行改作五行：
呼啸的河流呵，
叛变的土地呵，
爆烈的火焰呵，
和应该激动在这凄惨的地上的
复活的歌呵！
人文本 63 版、人文本 78 版、诗选本此节七行改作二节九行：
七月，
我们
起来了。

嘹亮的号角，
昼夜地吹着
吹着
吹着；
我们一齐奔上战场，
决心消灭强盗！
②《七月》本以上二行作：
我们，
是生长在中国。
人文本 63 版、人文本 78 版、诗选本此节三行改作：
我们立誓：
誓死
保卫中国。
③ 人文本 54 版、人文本 63 版、人文本 78 版、诗选本"的"作"底"。

幼儿①

需要饲养②呀，

人民的③

牲群④

需要畜牧呀，

人民的⑤

树木⑥

需要砍伐呀，

人民的⑦

禾麦⑧

需要收获呀！

在中国，

我们怀爱着——

五月的

麦酒，

九月的

---

① 《七月》本此处有"，"。

② 人文本 54 版、人文本 63 版、人文本 78 版、诗选本"饲养"作"哺养"。

③ 人文本 54 版、人文本 63 版、人文本 78 版、诗选本"的"作"底"。

④ 《七月》本此处有"，"。

⑤ 人文本 54 版、人文本 63 版、人文本 78 版、诗选本"的"作"底"。

⑥ 《七月》本此处有"，"。

⑦ 人文本 54 版、人文本 63 版、人文本 78 版、诗选本"的"作"底"。

⑧ 《七月》本此处有"，"。

米粉，

十月的

燃料，

十二月的

烟草，

从村落底家里 ①

从四万万五千万灵魂底幻想的领域里，②

漂散着

祖国的 ③

热情，

祖国的 ④

芬芳。⑤

每天，

---

① 《七月》本此处有"，"。

② 人文本 54 版此行改作"从我们底灵魂里，"。

③ 人文本 54 版"的"作"底"。

④ 人文本 54 版"的"作"底"。

⑤ 人文本 63 版、人文本 78 版、诗选本此节十七行改作六行：

在中国，

我们怀爱着——

自己造的

麦酒，

自己种的

瓜豆。

每天，

我们

要收藏——

在自己的^① 大地上纺织着的^②

祖国的^③

白麻，

祖国的^④

蓝布，^⑤

…………

…………^⑥

因为

我们^⑦

要活着，永远地活着，欢喜地活着，

---

① 人文本54版"的"作"底"。

② 人文本63版、人文本78版、诗选本此行改作"在自己底大地上纺织的"。

③ 人文本54版、人文本63版、人文本78版、诗选本"的"作"底"。

④ 人文本54版、人文本63版、人文本78版、诗选本"的"作"底"。

⑤ 《七月》本、人文本54版、人文本63版、人文本78版、诗选本"，"作"。"。

⑥ 人文本54版、人文本63版、人文本78版、诗选本以上二行删去。

⑦ 《七月》本此处有"，"。

在中国。①

三

我们

是伟大的中国底伟大的养子呵！②

我们③

曾经

---

① 人文本 54 版以上四行改作：

因为

我们要活着，

永远地活着，

欢喜地活着，

在中国。

人文本 63 版、人文本 78 版、诗选本此节扩充作二节：

在中国，

博大的泥土呵，

这是一幅

壮丽的画图；

在它的

上面

我们的灵魂

是如此的纯朴。

我们要活着，

——在中国！

我们要活着，

——永远不朽！

② 人文本 63 版、人文本 78 版、诗选本以上二行改作一节：

我们是劳动者

是伟大祖国底伟大的养子呵！

③《七月》本此处有"，"。

在杨 ① 子江和黄河底

热燥的

水流上，

摇起

捕鱼的木船；②

我们 ③

曾经

在乌兰哈达 ④ 沙土与南部草地的

周围，⑤

负起着 ⑥

狩猎的器具；⑦

强壮的

少女，

---

① 人文本 54 版、人文本 63 版、人文本 78 版、诗选本"杨"作"扬"。

② 人文本 54 版、人文本 63 版、人文本 78 版、诗选本"；"作"。"。

③《七月》本此处有"，"。

④ 人文本 54 版"乌兰哈达"作"乌兰浩特"。

⑤ 人文本 63 版、人文本 78 版、诗选本以上二行改作：

在乌兰浩特沙土与南部

草地的周围，

⑥ 人文本 54 版、人文本 63 版、人文本 78 版、诗选本"负起着"作"负起"。

⑦ 人文本 54 版、人文本 63 版、人文本 78 版、诗选本"；"作"。"；人文本 78 版、诗选本以上二节作一节。

曾经在亚细亚 ① 夜间燃烧的篝火底 ②

野性的

烈焰底

左右，

靠近纺车，

辛勤地

纺织着……③

…………

…………④

我们 ⑤

曾经

用筋骨，用脊骨 ⑥，

开扩 ⑦ 着——

粗鲁的

①《七月》本"亚细亚"作"亚西亚"。

②人文本 54 版、人文本 63 版、人文本 78 版、诗选本"燃烧的篝火底"作"篝火底"。

③人文本 54 版、人文本 63 版、人文本 78 版、诗选本"……"作"。"。

④人文本 54 版、人文本 63 版、人文本 78 版、诗选本以上二行删去。

⑤《七月》本此处有"，"。

⑥《七月》本、人文本 54 版、人文本 63 版、人文本 78 版、诗选本"脊骨"作"脊背"。

⑦《七月》本"开扩"作"开括"。

生活①。②

四

伟大的

祖国，③

……④

敌人⑤

突破着

海岸和关卡，

从天津，

从上海。

────────────

①《七月》本"生活"作"中国"。

②《七月》本此节后另有三节：

我们，　　　　　　　法律吗？

懒惰吗？

犯罪吗？　　　　　　为什么——

　　　　　　　　　　亲爱的

我们，　　　　　　　人民，

没有生活的权利，　　不能宽敞地活下去，平安地活下去呢！

与自由的

③人文本54版"，"作"！"。

④《七月》本"……"作"悲剧的日子来了，暴风雨来了，敌人来了……"；人文本63版、人文本78版、诗选本以上三行改作：

祖国，祖国呵，

枪声响了……

⑤《七月》本此处有"，"。

敌人，

散布着

炸弹① 和瓦斯②，

到田园，

到池沼③。

敌人来了，

恶笑着，

走向

我们。

恶笑着，

扫射，

绞杀。④

今天，

---

① 《七月》本"炸弹"作"炸药"。

② 人文本 54 版、人文本 63 版、人文本 78 版、诗选本"瓦斯"作"毒瓦斯"。

③ 《七月》本"池沼"作"沼池"。

④ 《七月》本此节后另有一节：

它要走过我们四万万五千万被害死了的

无声息的尸具上，

播着武士道底

胜利的放荡的呼喊……

你将告诉我们以战斗 ① 或者以死呢？ ②

伟大的

祖国！ ③

五

我们

必需 ④

战争 ⑤ 了，

昨天是懦弱的，是惨呼的，是挣扎的 ⑥

四万万五千万呵！

斗争

或者死……

---

① 《七月》本"战斗"作"斗争"。

② 人文本 54 版、人文本 63 版、人文本 78 版、诗选本此行改作二行：

你将告诉我们

是战斗呢，还是屈服？

③ 人文本 63 版、人文本 78 版、诗选本以上二行改作一行"祖国，祖国呵！"。

④ 人文本 54 版、人文本 63 版、人文本 78 版、诗选本"必需"作"必须"。

⑤ 人文本 63 版、人文本 78 版、诗选本"战争"作"战斗"。

⑥ 人文本 54 版此行改作三行：

昨天是愤怒的，

是惨呼的，

是挣扎的

人文本 63 版、人文本 78 版、诗选本此行改作三行：

昨天是愤怒的，

是狂呼的，

是挣扎的

我们

必需①

拔出敌人的② 刀刃，

从自己的③

血管。

我们

人性的

呼吸，

不能停止；

血肉的

行列，

不能拆散；④

复仇的

枪，

不能扭断；

因为

我们

---

① 人文本 54 版、人文本 63 版、人文本 78 版、诗选本"必需"作"必须"。
② 人文本 54 版、人文本 63 版、人文本 78 版、诗选本"的"作"底"。
③ 人文本 54 版、人文本 63 版、人文本 78 版、诗选本"的"作"底"。
④ 人文本 63 版、人文本 78 版、诗选本"；"作"。"。

① 不能屈辱地活着，也不能屈辱地死去呀……②

…………

…………

太阳被掩覆了，

疆土的

烽火，

在生长着；③

堡垒被破坏了，

兄弟的④

尸骸，

---

①《七月》本此行前有"——"。

② 人文本54版此行改作二行：

不能屈辱地活着，

也不能屈辱地死去呀……

人文本63版、人文本78版、诗选本以上六行改作十行自成一节，并在此节后新增一节：

我们	屈辱地活着，
复仇的	也不能
枪，	屈辱地死去。
不能扭断。	
因为我们知道	我们一定要
这古老的民族，	高举双手，
不能	迎接——自由！

③ 人文本54版"；"作"。"。

④ 人文本54版"的"作"底"。

在堆积着；①

亲爱的

人民，

让我们战争，②

更顽强，

更坚韧③。④

六

…………

…………

我们⑤

---

① 人文本 54 版"；"作"。"。

② 人文本 54 版此行作"我们要战斗，"。

③《七月》本"坚韧"作"坚勒"。

④ 人文本 63 版、人文本 78 版、诗选本以上三节十三行改作：

太阳被掩覆了，　　　插在大路上。

看呵，

疆土的烽火，　　　光荣的名字，

已成了太阳。　　　——人民！

　　　　　　　　人民呵

堡垒被破坏了，　　　更顽强，

看呵，　　　　　　更坚韧。

兄弟的旗帜

⑤《七月》本此处有"，"。

往那里^① 去？

在世界，

没有大地，

没有海河，

没有意志，

匍匐^② 地

活着^③

也是死呀！

今天呀，

让我们

死吧，

但必需^④ 付出我们

最后的^⑤ 灵魂，

到保护祖国的

神圣的

歌声去^⑥……

亲爱的

---

① 《七月》本、人文本 54 版、人文本 63 版、人文本 78 版、诗选本"那里"作"哪里"。

② 人文本 63 版、人文本 78 版、诗选本"匍匐"作"匍匍"。

③ 《七月》本此处有"；"。

④ 人文本 54 版"必需"作"必须"。

⑤ 人文本 54 版"最后的"作"忠实的"。

⑥ 人文本 54 版"歌声去"作"歌声中去"。

人民！ ①

亲爱的

人民！

抓出

木厂里

墙角里

泥沟里 ②

我们的 ③

武器，

挺起

我们

被火烤的，被暴风雨淋的，被鞭子抽打的胸脯， ④

---

① 人文本 63 版、人文本 78 版、诗选本以上一节十行改作三节十六行：

今天呀，　　　　　　宁死也不屈服，

让我们　　　　　　　伸出

死吧，　　　　　　　双手来，

我们会死吗？　　　　迎接——自由！

——不，决不会！

　　　　　　　　　　光荣的名字，

我们是一个巨人，　　——人民！

生活就要战斗，　　　人民呵！

高贵的灵魂，　　　　前面就是胜利。

② 《七月》本以上三行行尾有"，"。

③ 人文本 54 版"的"作"底"。

④ 《七月》本"胸脯"作"脯"；人文本 54 版此行改作三行：

被火烤的，

被暴风雨淋的，

被鞭子抽打的胸脯，

斗争吧！ ①

在斗争 ② 里，

胜利

或者死……

七

在诗篇上，

战士底坟场

会比奴隶底国家

要温暖，

要明亮。

　　　　　　　　　　一二、二四、一九三七、武昌。③

------

① 人文本 63 版、人文本 78 版、诗选本以上一节十二行改作二节十六行：

人民！人民！	人民！人民！
抓出	高高地举起
木厂里	我们
墙角里	被火烤的
泥沟里	被暴风雨淋的
我们底	被鞭子抽打的
武器，	劳动者的双手，
痛击杀人犯！	斗争吧！

② 《七月》本"斗争"作"战斗"。

③ 人文本 54 版、人文本 63 版、人文本 78 版此处作"1937 年 12 月 24 日，武昌。"；诗选本此处作"一九三七年十二月二十四日，武昌。"。

第二辑 ①

---

　① 南天本、希望本此辑仅收入《给 V.M.》一诗。人文本 54 版、人文本 63 版、人文本 78 版删去了《给 V.M.》，将南天本第三辑、第四辑的部分诗作收入，题作《荣誉战士及其它》。

给 V.M.①

"中国的胜利是全亚洲甚至是全人类明天的一把钥匙。"②

——日本 V.M. 女士

V.M. 同志！
把亚洲的命运从法西斯蒂的地狱里
解放出来。
在你底故乡，在你底祖国，
你听到——
日本
和它底人民，③
企图自杀的
呼声吗？
而 V.M.④ 啊

---

① 此诗初刊于《七月》1938 年 4 月 1 日，第 12 期。后收入南天本、希望本。此后诸本均删去。
②《七月》本此句前后无双引号。
③ 希望本此处无"，"。
④《七月》本"V.M."作"VM"。

你不能

站在悲剧里 ①

随着哭泣，

必需领导

兄弟们

起来，

战争……

——把亚洲的命运从法西斯蒂的地狱里解放出来……②

V.M.同志！ ③

一九三八、三、二四、西安。

---

① 《七月》本此处有"，"。

② 《七月》本此行改作二行：
——把亚洲的命运从法西斯蒂的地狱里
解放出来，
并相较前后诗行缩进了两个字。

③ 《七月》本以上二节作一节。

第三辑 ①

---

① 人文本54版、人文本63版、人文本78版第三辑收录诗作为南天本第五辑部分诗作，并有增删，题作《街头诗一束》。

荣誉战士 ①

××军②在西安设招待所，送伤兵返乡，并赠"荣誉战士"
徽章。③

他们④，
回来了……

那女人，
今天
坐在欢迎会的
院落，
一面
喂她底
乳儿，⑤
听着

---

① 此诗初刊于《七月》1939 年 7 月，第 4 卷第 1 期。后收入南天本、希望本、人文本 54 版、人
文本 63 版、人文本 78 版。
② 人文本 54 版、人文本 63 版、人文本 78 版"××军"作"八路军"。
③《七月》本此处作"第八路军在西安设招待所送伤兵返乡并赠'荣誉战士'徽章"。
④ 人文本 78 版"他们"作"她们"。
⑤ 人文本 54 版、人文本 63 版、人文本 78 版此行后增加一行"一面"。

演说；①
从顽强的脸孔上，
浮涌着
战斗的
欢喜，
战斗的
红笑，
——因为她啊②，
也流了血③
为着
祖国。

他们呵，
勇敢的
呼吸，
不死的
欲焰，
在拂着
断足，
折④臂，

---

① 人文本 54 版、人文本 63 版、人文本 78 版"；"作"。"。
② 《七月》本"啊"作"呵"。
③ 人文本 54 版、人文本 63 版、人文本 78 版此处有","。
④ 《七月》本"折"作"拆"，疑为印刷错误。

破眼……①

他们底 ② 歌声，

吹着，

——假使我还能够再射出一颗 ③ 子弹……④

我看见 ⑤

伤疤的

光辉，

走在

辽阔的

祖国，

争自由的

大路上面 ⑥ ……

他们，

回来了。

---

① 人文本 54 版、人文本 63 版、人文本 78 版以上三行改作：

折臂，

破眼，

跛脚。

② 《七月》本"底"作"的"。

③ 《七月》本"一颗"作"颗"。

④ 人文本 54 版、人文本 63 版、人文本 78 版"……"作"。"。

⑤ 《七月》本"我看见"作"——我看见"。

⑥ 《七月》本"大路上面"作"大路上"。

晚会①

　　一九三八年二月十三晚，西北战地服务团底同志们开××××会。②

同志们！
向 T 派③匪伙进攻……

一个女孩子，
脸孔红红的，
吹着口笛，
召集了同志们。

九十个底
手掌，
掷在大桌子上，

---

　　① 此诗初刊于《七月》1938 年 3 月 1 日，第 10 期。后收入南天本、希望本，人文本 54 版及此后诸本均删去此诗。
　　②《七月》本此处作"一九三八年二月十三日晚，西北战地服务团底同志们开思想斗争会。"。
　　③《七月》本"T 派"作"托洛斯基派"。

九十个底

脸孔，

伸出在大桌子上，

九十个底

忿恨，

包围在大桌子上，

——开 T 派

×××× 会。①

"同志们！

向 T 派 ② 匪伙进攻……"

世界和夜

一样混乱，

在晚会

我们拥护那野性的火光照耀着的——

向盗贼打击

向恶党打击的

群队底

----

① 《七月》本以上二行作：

——开托洛斯基派

思想斗争会。

② 《七月》本"T 派"作"托洛斯基派"。

呼声……

这里是
悲哀的国土，
这里是
愤怒的国土，
这里是
斗争的国土，
从我们底国土上
要把他们清扫干净。

同志，
吹你底口笛吧，
群队底呼声
挺进！……

二月十四夜。

五个在商议 ①

在潼关一所棉花厂里（我们底宿营地），晚上，五通个讯股员 ②，在开小组会。——烛光在厂内照着，大风沙在外面刮着……③

我们是五个。

我们五个，

屈着腿，

　　——坐在一张芦席上，④

---

① 此诗收入南天本、希望本、人文本 54 版、人文本 63 版、人文本 78 版。其中，收入人文本 54 版、人文本 63 版、人文本 78 版时题目改作《五个人》。

② 人文本 54 版、人文本 63 版、人文本 78 版"五通个讯股员"作"通讯股的五位记者"，南天本、希望本疑为印刷错误。

③ 人文本 54 版、人文本 63 版、人文本 78 版"……"作"。"。

④ 人文本 54 版、人文本 63 版以上二节四行改作一节四行：

我们是五个，

我们五个人

曲着腿，

　　——坐在一张芦席上。

人文本 78 版以上二节四行改作一节四行：

我们是五个，

我们五个人

盘着腿，

　　——坐在一张芦席上。

五个底 ①

呼吸，

接近

烛光，

搀和着，混流着，

在一气……②

——那样，

我们抛下烟蒂，

手指，

握住

小组会底问题；③

五个 ④，

在商议！

我们是五个。⑤

---

① 人文本 54 版、人文本 63 版、人文本 78 版"五个底"作"五个人底"。
② 人文本 54 版、人文本 63 版、人文本 78 版"在一气……"作"在一起。"。
③ 人文本 54 版、人文本 63 版、人文本 78 版"；"作"。"。
④ 人文本 54 版、人文本 63 版、人文本 78 版"五个"作"五个人"。
⑤ 人文本 54 版、人文本 63 版、人文本 78 版此行与下一节作一节，行尾"。"作"，"。

五个底 ①

宽阔的

肩膀，

　　——也靠在一处，

很满

很密 ②

　　　　　　　　　　一九三八年、三月。 ③

① 人文本 54 版、人文本 63 版、人文本 78 版 "五个底" 作 "五个人底"。
② 人文本 54 版、人文本 63 版以上二行改作：
很紧
很密。
人文本 78 版以上二行改作：
很紧，
很密。
③ 人文本 54 版、人文本 63 版、人文本 78 版此处改作 "1938 年 3 月"。

早上，我们会操①

"起来，起来哟！"早上，总有一个同志，吹着口笛，喊着……

四月的
天空。
蓝色；

北方的
公园，
蓝色；

——在蓝色的早晨里，在蓝色的世界里，在蓝色的斗争里，

早上，
我们会操……

一九三八年、四月、西安。

---

① 此诗收入南天本、希望本。

进行曲①
——我们行军生活素描②

在这边

走着，③

"服务"

这名词④，

领导着

我们

　演员，记者，伙夫⑤……

向战争的⑥河，

---

① 此诗初刊于《文艺阵地》1939 年 1 月 16 日，第 2 卷第 7 期。后收入南天本、希望本、人文本 54 版、人文本 63 版、人文本 78 版。其中，收入人文本 54 版、人文本 63 版、人文本 78 版时题目改作《我们底进行曲》。

② 人文本 54 版、人文本 63 版、人文本 78 版此处作"行军生活素描"。

③ 人文本 54 版、人文本 63 版、人文本 78 版此节二行改作：

我们在这边

走着，走着。

④《文艺阵地》本"这名词"作"那名词"。

⑤《文艺阵地》本此处有"，"。

⑥《文艺阵地》本"的"作"底"。

那边去！ ①

这黑马，

这手枪，

这歌，

……

在这边

走着， ②

我们挑起——

中国底 ③ 命运，

---

① 人文本 54 版、人文本 63 版、人文本 78 版此节七行改作六行：
"服务"这名词
指使着我们
演员，记者，
老伙夫
向战争的河
那边走去！
② 人文本 54 版以上二节六行改作一节七行：
黑马　　　　　歌
多少匹，　　　多少支，
手枪　　　　　在这边走着。
多少枝，
人文本 63 版、人文本 78 版以上二节六行改作一节七行：
黑马　　　　　战歌
多少匹，　　　多少支，
手枪　　　　　在这边走着。
多少枝，
③《文艺阵地》本"底"作"的"。

和种族底 ①

痛苦。②

我们，

走了几千里呵！

像说教者，

背负着 ③

十字架，④

---

① 《文艺阵地》本"底"作"的"。

② 人文本 54 版、人文本 63 版、人文本 78 版以上一节四行改作：

我们挑起了

我们背负了

中国底命运，

和种族底痛苦。

③ 《文艺阵地》本此处有"，"。

④ 《文艺阵地》本"，"作"；"；人文本 54 版以上二节五行改作一节六行：

我们，

走了几千里呵！

我们

像说教者，

背负着

十字架。

人文本 63 版、人文本 78 版以上二节五行改作一节六行：

我们，

走了几千里呵！

我们

拿起枪来，

装上子弹，

要打过河去。

在这边

走着。①

　　　　　　　　　一九三八年、九月。②

---

① 人文本 54 版、人文本 63 版、人文本 78 版以二行改作：

我们在这边

走着，走着。

② 《文艺阵地》本此处作"一九三八年九月于西北战地服务团"；人文本 54 版、人文本 63 版、人文本 78 版此处作"1938 年 9 月"。

第四辑 ①

---

① 南天本、希望本此辑收入《儿童节》《那些工人》二首诗作。人文本 54 版、人文本 63 版、人文本 78 版将这两首收入第二辑《荣誉战士及其它》，第四辑收入南天本第六辑诗作，并有所增删，题作《小叙事诗一束》。

儿童节 ①

——为儿童节大会的朗诵而作

小兄弟，②

你们，

早上，③

走过哪条街？

——那里，

有炸弹底

铁片吧！④

——那里⑤

有火药底

气味吧！

---

① 此诗初刊于《七月》1938 年 5 月 1 日，第 3 卷第 1 期。后收入南天本、希望本、人文本 54 版、人文本 63 版、人文本 78 版。

② 《七月》本"，"作"！"。

③ 人文本 54 版、人文本 63 版、人文本 78 版此处无"，"。

④ 人文本 54 版、人文本 63 版、人文本 78 版以上二节作一节。

⑤ 人文本 54 版、人文本 63 版、人文本 78 版此处有"，"。

或者，

你们

看到

那画着太阳徽的飞机，

从我们底^①

天空上，

往来？

或者，

你们

听见

那轰炸的炮声——日本帝国主义的炮声，

对我们

开……。^②

你们，

害怕着吗，^③

小兄弟？^④

---

① 《七月》本"底"作"的"。
② 人文本54版、人文本63版、人文本78版以上三行改作四行：
那隆隆的炮声
——日本帝国主义者的炮声，
向我们
射来……
人文本78版在此基础上，自"或者，"至此自成一节。
③ 《七月》本"，"作"？"。
④ 《七月》本"？"作"！"；人文本54版、人文本63版、人文本78版以上三行自成一节。

小兄弟！

向窗外望去——

中国底

军队，①

——正走在

街上，

机关枪呵，

——正架在

肩上。

跑上去！

去

拿募捐品慰劳咱们中国底军队，

因为

他们

是——

去打仗，

去流血。

不要害怕，

① 人文本78版以上二行改作：
英勇的
八路军，

小兄弟！

不要哭，

小兄弟！

小兄弟！

忍耐

一时吧……①

忍耐

一时吧，

不久，爸爸会在战场上②

把强盗杀死③

从强盗的腰膀上④取下

杀人的

刀剑，

把血擦干，

交给你们，

---

① 人文本 54 版、人文本 63 版、人文本 78 版以上三行改作：
小兄弟！
挺起
胸膛吧……
② 人文本 54 版、人文本 63 版、人文本 78 版以上三行改作四行：
挺起
胸膛吧，
不久，
爸爸会在战场上
③《七月》本此处有"，"。
④ 人文本 54 版、人文本 63 版、人文本 78 版"腰膀上"作"身上"。

小兄弟！

小兄弟！

以后的

日子，

中国人就笑着，就快活着①，

舒服地②

走在

街上，

——你们

走过的

那些街，

爸爸底

街，

妈妈底

街，

姐姐带你们去买糖果的

街。

但是，

在今天，

① 人文本 78 版"快活着"作"歌唱着"。
② 人文本 54 版、人文本 63 版、人文本 78 版"舒服地"作"自由地"。

要爱护 ① 祖国，

小兄弟！

小兄弟！

伸出你们结实的小手 ②

站起来 ③——

喊吧：

——中国万岁！

——儿童节万岁！ ④

<hr />

① 人文本 78 版 "爱护" 作 "保卫"。

② 《七月》本、人文本 78 版此处有 "，"。

③ 人文本 54 版、人文本 63 版、人文本 78 版 "站起来" 作 "站出来"。

④ 《七月》本以上二行字号较前面大一号，破折号后的文字前后有双引号；人文本 54 版、人文本 63 版、人文本 78 版诗后署有 "1938 年儿童节前夕，写于西安。"。

那些工人 ①

—— 为祝福山西工人而作，并预备在工人面前朗诵

现在——

我们想到同蒲铁路！

那些

在铁路上

开过火车底 ②

熟手们，③

那些

在铁路上

摇过红旗底 ④

熟手们，

---

① 此诗原题《那些工人（朗诵诗）》，初刊于《诗创作》1941 年 9 月 18 日，第三、四期合辑。后收入南天本、希望本，收入人文本 54 版、人文本 63 版、人文本 78 版时题目改作《关于工人》。

② 人文本 54 版、人文本 63 版、人文本 78 版"底"作"的"。

③ 人文本 78 版"，"作"。"。

④ 人文本 54 版、人文本 63 版、人文本 78 版"底"作"的"。

那些

工人！

就这样

喊着：

——①"参加总工会！"

就这样

喊着，

就这样

喊着，

同矿山上来底②

伙伴们，

联合；

同盐场上来底③

伙伴们，

联合；

① 人文本54版、人文本63版、人文本78版删去"——"。
② 人文本54版、人文本63版、人文本78版"底"作"的"。
③ 人文本54版、人文本63版、人文本78版"底"作"的"。

同纱厂里来底 ^①

伙伴们，

 联合；

同火柴公司里来底 ^②

伙伴们，

 联合；

 那些

 工人！

都喊：

 ——^③"我们工人组织起来！"

 那些

 工人！

 大家

开过会了。

---

① 人文本 54 版、人文本 63 版、人文本 78 版 "底" 作 "的"。
② 人文本 54 版、人文本 63 版、人文本 78 版 "底" 作 "的"。
③ 人文本 54 版、人文本 63 版、人文本 78 版删去 "——"。

大家
讨论过了。

就这样
喊着：

"要运输队①！"

就这样
喊着：

"要打大刀！"

就这样
喊着：

"要造枪炮！"

就这样
喊着：

---

① 人文本 54 版、人文本 63 版、人文本 78 版"要运输队"作"要组织运输队"。

"要织布！"

就这样
喊着：

"要开煤窑！"

就这样
喊着。

就这样
喊着。

那些
工人！

那些工人
像钢铁一样哟！ ①

———————————

① 人文本 78 版此行与上一行行首对齐，"像"作"象"。

第五辑 ①

---

① 人文本 54 版、人文本 63 版、人文本 78 版第五辑为新增诗作，题作《〈祝山〉外一篇》。

假使全中国不团结 ①

假使全中国不团结，

等于把大门打开

让敌人随便地 ② 进来，

　给他们痛快 ③，

　那我们比吊死

还要坏！ ④

---

① 此诗初刊于《七月》1940 年 12 月，第 6 卷第 1、2 期合辑。又载于《诗与批评》1946 年 5 月，第 1 期。后收入南天本、希望本，收入人文本 54 版、人文本 63 版、人文本 78 版时题目改作《警告》。

②《诗与批评》本"随便地"作"随随便便地"。

③ 人文本 54 版、人文本 63 版、人文本 78 版"痛快"作"抢劫"。

④ 人文本 63 版、人文本 78 版以上二行改作四行：

那我们有多少人，

就要沦为亡国者；

被关在铁窗里，

或者在荒野上徘徊……

反对"太平观念"①

不要以为我们旁边

有大山，

有大军，

这里

　　就会完全太平。……②

　　——不！

（这样想，

要不得的。）

我们应该随时随地都准备，③

把敌人赶出国境。

---

① 此诗初刊于《七月》1940年12月，第6卷第1、2期合辑。后收入南天本、希望本，收入人文本54版、人文本63版、人文本78版时题目改作《提高警惕》。

② 人文本54版、人文本63版、人文本78版以上一节五行改作六行：

不要看我们身边

有的是大山，

有的是大军，

这里

就会百事大吉，

就要享受太平。

③ 人文本54版、人文本63版、人文本78版此行改作"我们要时刻准备，"。

肃清不好意识 ①

这样② 家伙
嘴里说
　　是来参加抗战的，
心里却想吃猪肉③
想赚大钱④
（混一天算一天⑤）
这样□⑥ 家伙，
需要⑦ 教育！ ⑧

---

① 此诗原题《肃清雇农意识》，初刊于《七月》1940 年 3 月，第 5 卷第 2 期。后收入南天本、希望本、人文本 54 版、人文本 63 版。其中，收入希望本、人文本 54 版时题目改作《肃清雇农意识》，收入人文本 63 版时题目改作《肃清雇佣意识》。

② 人文本 54 版、人文本 63 版"这样"作"这样的"。

③ 人文本 54 版、人文本 63 版此处有"，"。

④《七月》本、人文本 54 版、人文本 63 版此处有"。"。

⑤ 人文本 54 版、人文本 63 版此处有"。"。

⑥《七月》本此处无"□"；人文本 54 版、人文本 63 版"□"作"的"。

⑦ 人文本 54 版、人文本 63 版"需要"作"他需要"。

⑧《七月》本以上二行自成一节。

给饲养员 ①

饲养员呵，

把马喂得它刮刮 ② 叫，

因为你该明白，

它底主人

不是我和你，

是

　　中国！

保卫战 ①

只要我们一个村庄，

受到

　突然的包围，

老婆子呀，

小伙子呀，

　统统扑过去 ②

（横竖是死）

就是死吧，

尸首还在家乡，

　像活着一样地歌唱！ ③

---

　① 此诗初刊于《七月》1940 年 12 月，第 6 卷第 1、2 期合辑。后收入南天本、希望本、人文本 54 版、人文本 63 版、人文本 78 版。

　② 人文本 54 版、人文本 63 版、人文本 78 版此处有"，"。

　③ 人文本 78 版此行与上一行行首对齐，"像"作"象"。

去破坏敌人的铁道 ①

到晚上。②

那时候 ③

我们

　去破坏敌人的 ④ 铁道 ⑤

勇敢地

多拔些

钉子 ⑥

多毁

　几条……。⑦

---

① 此诗初刊于《七月》1940 年 12 月，第 6 卷第 1、2 期合辑。后收入南天本、希望本、人文本 54 版、人文本 63 版、人文本 78 版、诗选本。其中，收入人文本 54 版、人文本 63 版、人文本 78 版时题目改作《去破坏敌人底铁道》。

② 人文本 54 版、人文本 63 版、人文本 78 版、诗选本"。"作"——"。

③《七月》本此处有"，"。

④ 人文本 54 版、人文本 63 版、人文本 78 版、诗选本"的"作"底"。

⑤《七月》本此处有"。"；诗选本此行与上一行行首对齐。

⑥ 人文本 54 版、人文本 63 版、人文本 78 版、诗选本此处有"，"。

⑦ 人文本 54 版、人文本 63 版、人文本 78 版、诗选本此处无"。"。

（据说：

那拿红灯的 ①

他不报告。）

①《七月》本、人文本 54 版、人文本 63 版、人文本 78 版、诗选本此处有"，"。

粉碎敌人秋季大进攻 ①

高粱长得很红 ②
战斗也 ③ 打得很红。

我们底英雄，④
准备 ⑤
　粉碎敌人秋季大进攻！

---

① 此诗初刊于《七月》1940 年 12 月，第 6 卷第 1、2 期合辑。后收入南天本、希望本、人文本 54 版、人文本 63 版、人文本 78 版。其中，收入人文本 54 版、人文本 63 版、人文本 78 版时题目改作《给英雄们》。

②《七月》本、人文本 54 版、人文本 63 版、人文本 78 版此处有"，"。

③《七月》本"也"作"也要"。

④ 人文本 54 版、人文本 63 版"英雄，"作"英雄们"；人文本 78 版"英雄，"作"英雄们，"。

⑤ 人文本 54 版、人文本 63 版、人文本 78 版"准备"作"准备好，"。

鞋子 [①]

回去,

　　告诉你底女人: [②]

要大家

　　来做鞋子。 [③]

像战士脚上穿的 [④]

结实而大 [⑤]。

好翻山呀,

好打仗呀。

---

① 此诗初刊于《七月》1940年12月,第6卷第1、2期合辑。后收入南天本、希望本、人文本54版、人文本63版、人文本78版。

② 人文本78版此行与上一行行首对齐。

③ 人文本78版此行与上一行行首对齐。

④ 《七月》本此处有",";人文本78版"像战士脚上穿的"作"象战士穿的"。

⑤ 人文本54版、人文本63版、人文本78版"结实而大"作"又大又结实"。

多一些！ ①

"多一颗粮食，

就多一颗消灭敌人的枪弹！"

听到吗②

这是好话哩！

听到吗，

我们

要赶快鼓励自己底心③

到地里去！④

要地里

长出麦子⑤；⑥

---

① 此诗初刊于《七月》1940 年 12 月，第 6 卷第 1、2 期合辑。后收入南天本、希望本、人文本 54 版、人文本 63 版、人文本 78 版、诗选本。

② 人文本 54 版、人文本 63 版、人文本 78 版、诗选本此处有 "，"。

③ 人文本 78 版、诗选本 "鼓励自己底心" 作 "催促自己"。

④《七月》本以上二行行首缩进一个字。

⑤ 人文本 54 版、人文本 63 版、人文本 78 版、诗选本 "麦子" 作 "麦苗"。

⑥ 人文本 78 版、诗选本 "；" 作 "。"。

要地里

长出小米^①；^②

拿这些^③东西，

　　当做

　　　持久战的武器。^④

（多一些！

多一些！）

多点粮食^⑤

就多点胜利。

---

① 人文本 54 版、人文本 63 版、人文本 78 版、诗选本"小米"作"谷穗"。

② 人文本 78 版、诗选本";"作"。"。

③《七月》本"这些"作"这"。

④ 诗选本以上二行与此节第一行行首对齐。

⑤《七月》本、人文本 78 版、诗选本此处有","。

创办合作社 ①

假使——

你们不想跑得很远，

也不肯买日本货，

就要在自己 ② 村子里

开一个合作社 ③。

公平交易 ④

谁都不吃亏。⑤

① 此诗初刊于《七月》1940 年 12 月，第 6 卷第 1、2 期合辑。后收入南天本、希望本、人文本 54 版、人文本 63 版、人文本 78 版。

② 《七月》本"自己"作"自己底"。

③ 《七月》本"合作社"作"小合作社"。

④ 《七月》本此处有","。

⑤ 《七月》本以上二行与第一节第一行行首对齐；人文本 78 版以上二行改作：

自己动手，

迎接新社会。

选举 ①

从人民里头

选举

　　救国的干部，

　　就要我们自己动手。②

同志们

明白吗，

为了民主！

---

① 此诗初刊于《七月》1940 年 12 月，第 6 卷第 1、2 期合辑。后收入南天本、希望本、人文本 54 版、人文本 63 版、人文本 78 版。其中，收入人文本 54 版、人文本 63 版、人文本 78 版时题目改作《投一票》。
② 人文本 54 版、人文本 63 版、人文本 78 版以上三行改作：
好好地投一票，
慎重地选举
救国的干部。

就像我黑黑的庄稼汉 ①

就像我

黑黑的庄稼汉

也走进 ××××底

　大门坎；②

大事，

　　也办；

小事，

　　也办；

办不了的事，

---

① 此诗原题《就像我里的庄稼汉》，初刊于《七月》1940年12月，第6卷第1、2期合辑。后收入南天本、希望本、人文本54版、人文本63版、人文本78版。其中，收入人文本54版、人文本63版、人文本78版时题目改作《我是庄稼汉》。

② 人文本54版、人文本63版、人文本78版以上四行改作：

我是一个

黑黑的庄稼汉，

走进边区政府底

大门槛。

还可^① 找找 ×^② 主任^③

商量商量看。^④

---

①《七月》本"可"作"好"。

②《七月》本"×"作"××"；人文本 54 版、人文本 63 版、人文本 78 版"×"作"宋"。

③《七月》本此处有"，"。

④ 人文本 78 版此诗行首全部对齐。

这土地在向你笑 ①

这土地 ②，
还在活着 ③

（而且
　　在很好的 ④
　　活着呵 ⑤）

无边的
山沟，
　　我们底马
在跑着 ⑥；

---

　　① 此诗原题《冀察晋在向你笑着》，初刊于《七月》1940 年 12 月，第 6 卷第 1、2 期合辑。后收入南天本、希望本、人文本 54 版、人文本 63 版、人文本 78 版。其中，收入人文本 54 版、人文本 63 版、人文本 78 版时期目改作《你看——欢迎国际朋友街头诗之一》。

　　②《七月》本"这土地"作"冀察晋"。

　　③ 人文本 54 版、人文本 63 版、人文本 78 版以上二行改作三行：

你看——

这土地

还在活着。

　　④ 人文本 54 版、人文本 63 版、人文本 78 版"的"作"地"。

　　⑤《七月》本此处有"！"；人文本 54 版、人文本 63 版、人文本 78 版此处有"。"。

　　⑥ 人文本 78 版"跑着"作"飞着"。

那角蹄^①

响出

　愉快的

　大胆的

　　口号。

你看

　　这土地^②

　　在向你笑！^③

　　　　　　　　　（欢迎外国朋友街头诗之一）^④

---

① 人文本 54 版、人文本 63 版 "角蹄" 作 "脚蹄"；人文本 78 版 "角蹄" 作 "金蹄"。

② 《七月》本 "这土地" 作 "冀察晋"。

③ 人文本 78 版此诗行首全部对齐。

④ 人文本 54 版、人文本 63 版、人文本 78 版删去此行。

援助这大山沟吧！ ①

援助这大山沟吧！

我们需要

　　印刷机，

　　武器，

　　药品，②……③

　　　　　　　　（欢迎外国朋友街头诗之一）④

---

① 此诗初刊于《七月》1940 年 12 月，第 6 卷第 1、2 期合辑。后收入南天本、希望本、人文本 54 版、
人文本 63 版、人文本 78 版。其中，收入人文本 54 版、人文本 63 版、人文本 78 版时题目改作《援助
这大山沟吧！——欢迎国际朋友街头诗之二》。

② 《七月》本此处无"，"。

③ 《七月》本此行后另有一节二行：

冀察晋在向你要求！

冀察晋在向你敬礼！

人文本 54 版、人文本 63 版、人文本 78 版以上二行改作：

药品，

武器……

④ 人文本 54 版、人文本 63 版、人文本 78 版删去此行。

第六辑 ①

① 南天本、希望本此辑诗作主要收录在人文本 54 版、人文本 63 版、人文本 78 版的第四辑《小叙事诗一束》中。人文本 54 版、人文本 63 版、人文本 78 版第六辑为新增诗作，题作《我底田园》。

一杆枪和一个张义 ①

"天气越冷

仗打得越有劲！" ②

——战士张义说的

啊 ③，下大雪的天气！

枪声，

从雪上 ④

响起，

响起……

好得很 ⑤

痛快得很，

红鼻子也

---

① 此诗收入南天本、希望本、人文本 54 版、人文本 63 版、人文本 78 版。
② 人文本 54 版、人文本 63 版、人文本 78 版此处引文前后无双引号。
③ 人文本 54 版、人文本 63 版、人文本 78 版"啊"作"呵"。
④ 人文本 54 版、人文本 63 版、人文本 78 版"雪上"作"雪地上"。
⑤ 人文本 54 版、人文本 63 版、人文本 78 版此处有"，"。

不淌鼻涕；①

血都发热
实在像战斗
一般激烈，
一般可喜。②

天气越冷，
仗打得越有劲，
哈，
   越有劲！③

是第一个
打枪的，

---

① 人文本 54 版、人文本 63 版、人文本 78 版以上二行改作：
敌人底马蹄，
被打成烂泥。
② 人文本 54 版、人文本 63 版以上四行改作：
有一股残敌，
企图要突围，
反扑过来，
挥着膏药旗。
人文本 78 版以上四行改作：
有一股残敌，
企图要突围，
想扑过来，
乱挥膏药旗。
③ 人文本 78 版此行与上一行行首对齐。

张义；①

道地的冀中人哩。

把大棉袄

翻过来，

我们底张义，②

守住阵地。③

张义，④

他哼着

晋察冀，晋察冀……

手靠着⑤枪机。

---

① 人文本54版、人文本63版、人文本78版以上二行改作：
打枪的人，
张义——他是
② 希望本此处无"，"。
③ 人文本54版、人文本63版以上四行改作：
他把大棉袄
翻过来穿着，
我们底张义，
紧守住阵地。
人文本78版以上四行改作：
他把大棉袄，
翻过来穿着，
我们底张义，
紧守住阵地。
④ 人文本54版、人文本63版、人文本78版此行改作"张义——快乐的人，"。
⑤ 人文本54版、人文本63版、人文本78版"靠着"作"抚着"。

敌人

攻来了，

只有十来米达 ①，

还不要紧。

　呵，下大雪的天气！　②

子弹

像 ③ 雪片，

满山，④

满野。

张义这一班，

在对峙；

沉着地

向敌人射击。

总指挥呵，

要外面把敌人包围，

要里面的

---

① 人文本 78 版"只有十来米达"作"只差十来米"。

② 人文本 54 版、人文本 63 版、人文本 78 版此行自成一节。

③ 人文本 78 版"像"作"象"。

④ 希望本此处无"，"。

马上撤退，①

里面的，
撤退，②
　张义搂住武器，
　滚到雪里。

哈！
他拿雪埋伏自己③
让敌人
从身上过去。

一杆枪
和一个张义，
好好地④，
好好地⑤。

---

① 人文本54版、人文本63版、人文本78版以上二行改作：
要里面的人
马上就撤退。
② 人文本54版、人文本63版、人文本78版以上二行改作：
里面的人
撤退了，
③ 人文本54版、人文本63版、人文本78版此处有"，"。
④ 人文本54版、人文本63版、人文本78版"地"作"的"。
⑤ 人文本54版、人文本63版、人文本78版"地"作"的"。

枪声，

又从雪上 ①

响起，

响起……

---

① 人文本 54 版、人文本 63 版、人文本 78 版 "雪上" 作 "雪地上"。

王良 ①
——纪念一位站岗者之死

在那时候：

一直到最后，

王良

　　还是站在岗上头！

狗肏的东西，

摸到温塘，

不声不响，

把他抓倒 ②

------

① 此诗初刊于《文化杂志》（桂林）1942 年 7 月 25 日，第 2 卷第 5 期。后收入南天本、希望本、人文本 54 版、人文本 63 版、人文本 78 版。

② 《文化杂志》本"抓倒"作"抓住。"；人文本 54 版、人文本 63 版以上四行改作：
狡猾的敌人，
摸到哨位上，
不声不响，
抓住了王良。
人文本 78 版以上四行改作：
狡猾的敌人，
摸到哨位上，
不声不响，
围住了王良。

（大黑夜哟，

我们底山沟

发生

一桩罪过。）①

死了拉倒，

死了拉倒，

王良决不屈服，

把嘴巴闭住②。

敌人底③ 刺刀

响了一响，

好王良呵——

变成两断。④

好王良呵！

---

① 人文本 78 版以上四行删除。

② 人文本 78 版"把嘴巴闭住"作"挺起了胸膛"。

③《文化杂志》本"底"作"的"。

④《文化杂志》本此行后另有一节四行：

王良底头，

还被狗兮的

塞进切开了的

胸口……

人文本 78 版此行改作"临死一声高呼。"。

好王良呵！

他会晓得，

同志为他复仇。

同志们 ①

为他唱歌， ②

他会晓得。

可不是吗？

他们光穿走了 ③

那双破鞋， ④

那身棉袄。

而你们去瞧！

温塘还很好，

温泉照旧往外淌 ⑤

---

① 《文化杂志》本此行后另有一行"都要举起红缨枪，"。

② 人文本54版、人文本63版、人文本78版以上二行改作三行：

他底同志们

要为他复仇，

要为他唱歌，

③ 人文本54版、人文本63版、人文本78版此行改作"敌人只抢走了"。

④ 人文本78版此行改作"那把大刀，"。

⑤ 人文本54版、人文本63版、人文本78版"淌"作"流，"。

照旧往外冒。①

照旧② 照旧，

病号③

到那里去洗澡，

又换上新药。

谁要想到温塘，

会想到王良；

好王良啊④，

王良和温塘……

他底⑤ 尸首

在红缨枪旁，

被雪⑥ 盖起，

冻得像⑦ 钢⑧。

---

①《文化杂志》本以上二行自成一节，并作：

温泉照旧冒出

照旧淌着。

② 人文本 54 版、人文本 63 版、人文本 78 版此处有"，"。

③ 人文本 54 版、人文本 63 版、人文本 78 版"病号"作"养病的伤员"。

④《文化杂志》本"啊"作"呵"。

⑤《文化杂志》本"底"作"的"。

⑥《文化杂志》本"雪"作"小雪"。

⑦ 人文本 78 版"像"作"象"。

⑧《文化杂志》本"钢"作"铜"。

① 没有折掉，②

和血泊一样 ③

红得很旺。④

孩子们跑来，

拿柴生火，

用火焰

烤着尸首。⑤

在那时候，⑥

---

① 人文本 54 版、人文本 63 版、人文本 78 版此行前增加一行"他底尸首"。

② 人文本 78 版此行改作"披着光芒，"。

③ 人文本 54 版、人文本 63 版、人文本 78 版"一样"作"一样红，"。

④《文化杂志》以上三行作二节四行：

红缨枪，

没有折掉

和血一样

红得很旺。

⑤ 人文本 78 版以上四行改作：

乡亲们跑来，

把他抱住，

热泪如火，

为勇士高唱。

⑥ 人文本 54 版、人文本 63 版此行改作二行：

天亮的时候，

鸟飞上山头，

人文本 78 版此行改作二行：

天亮的时候，

鸟飞上山岗，

王良，①

还是站在岗上头！②

---

① 《文化杂志》本此行后另有一行"红缨枪，"。
② 人文本 78 版此行改作"永远在岗哨上！"。

回队 ①

一

大包
想到他底老婆，②
又睡不着觉。

"我怕打仗，
我怕过这种生活……！"

二

这家伙

这家伙
到底从队伍里
溜掉啦。

---

① 此诗收入南天本、希望本、人文本 54 版、人文本 63 版。
② 希望本此处无"，"。

三

（天晓得呵！）

连村庄

都向他欢笑

一切的人

　都向他

　欢笑……

　"哟，你回来了！"

为了

大包

　是个战士，

那身上 ①

像披满着

人类的

　光耀。

嘿！

连村庄

都向他欢笑

一切的人

　　都向他

　　欢笑。

四

老婆

忙了一天

到晚上，①

回家了。

她工作在妇女会，

那么活跃！

那么活跃！

实在呀，

　（好像

　　她没有乳房，

　　她没有小脚。）

那么活跃！

---

① 人文本 54 版、人文本 63 版此处无"，"。

活跃！

老婆
带着男人般的勇敢，
好快活地，
走到门口。

她歌唱着，
划着
洋火。①

五

"你跑到外面搅些什么，
坏货……"②

大包
大包

---

① 人文本 54 版、人文本 63 版以上三行改作二行：
她唱着歌，
划着洋火。
② 人文本 54 版、人文本 63 版以上二行改作：
"你跑到外面搞些什么，
坏货，坏货。"

一看到老婆就嫉妒。

六

这时候
屋子亮了。

炕上——
堆满着
　　蓝色的
　　大鞋。①
　　绿制服
　　也在炕上
　　摊开。

（大包
把真理
当作
羞耻。

—————

① 人文本 54 版、人文本 63 版以上二行改作：
蓝布的
军鞋；

大包

把真理

当作

　无赖。）

大包

　伸起拳头

涨起脸皮，

又来骂街。

这时候

灯火红了啦。

七

无声地

无声地

老婆

剥开棒子，

老婆

煮好棒子，

老婆

把棒子

捧给丈夫。

…………

八

夜

　又滚开了。

全村庄

还是

明亮①

老婆

起得很早，

就预备

往妇女会跑。

---

① 人文本 54 版、人文本 63 版以上三行改作：
村子上
遍地
发亮。

　　"不许你出去！"

　　大包
　　　吆喝着。

　　大包
　　　吆喝着。①

九

　　"许你抗日，
　　　　不许我抗日吗？"

　　老婆走掉！

---

① 人文本54版、人文本63版以上三节五行改作：
大包
吆喝着，

大包
吆喝着：

"不许你出去！"

十 ①

老婆走掉。

她
　带着男人般的强硬
把妇救会
当做家庭。

（她以曾经
爱过丈夫的热心
来做事情 ②）

十一 ③

大包
孤独了。

大包

① 人文本 54 版、人文本 63 版"十"作"一〇"。
② 人文本 54 版、人文本 63 版此处有"。"。
③ 人文本 54 版、人文本 63 版"十一"作"一一"。

无聊了 ①

十二 ②

连村庄
都向他疑问，
　一切的人
　都向他
　疑问……
　——你要回队吗？……

十三 ③

大包
很苦痛 ④

也许
要发疯 ⑤

十四 ①

而老婆 ②

却高兴得要死。

像过着少女时候 ③ 的日子

抱着政府的奖旗

回到家里!

十五 ④

大包不敢随便说话,

显出可怜;⑤

"我倒比不上我的老婆?!……" ⑥

---

① 人文本54版、人文本63版"十四"作"一四"。

② 人文本54版、人文本63版此行改作"他底老婆"。

③ 人文本54版、人文本63版"少女时候"作"少女"。

④ 人文本54版、人文本63版"十五"作"一五"。

⑤ 人文本54版、人文本63版以上一节二行改作二节四行:

大包的心上

像有一条河;

河上的浪花,

来回地打转。

⑥ 人文本54版、人文本63版此行改作"——我倒比不上我底老婆!?……"。

十六 ①

"老婆！

原谅我。

我 ②

是犯了错误

因为 ③ 我是偷偷地

跑出 ④ 队伍。"……

十七 ⑤

大包回去了。

队上

正在等他——

有微笑，

有鬼脸，

但没有打也没有骂。

---

① 人文本 54 版、人文本 63 版 "十六" 作 "一六"。
② 人文本 54 版、人文本 63 版 "我" 作 "我呵，"。
③ 人文本 54 版、人文本 63 版删去 "因为"。
④ 人文本 54 版、人文本 63 版 "跑出" 作 "跑出了"。
⑤ 人文本 54 版、人文本 63 版 "十七" 作 "一七"。

骡夫 ①

一

一营人，
　　经过很小的村庄；
　　那是在晚上。

土房子里，
早点着火。

（再迟一会，
　　也许 ② 要熄过。）

一营人
模模糊糊 ③。

---

① 此诗收入南天本、希望本、人文本 54 版、人文本 63 版、人文本 78 版。
② 人文本 54 版、人文本 63 版、人文本 78 版"也许"作"火也许"。
③ 人文本 54 版、人文本 63 版、人文本 78 版"模模糊糊"作"影子模模糊糊"。

二

李刚，

在摸黑。

拉出他底大背骡，

打算给它喝水。

到河边去！ ①

三

到河边去 ②

李刚底

　肉体 ③

触响

三个箱盖。 ④

————

① 人文本54版、人文本63版、人文本78版此行改作"他到河边去——"。

② 人文本54版、人文本63版、人文本78版此行改作"走到河边去，"。

③ 人文本54版、人文本63版、人文本78版此处有","。

④ 人文本78版此行改作"一个木箱。"。

他望着

山沟：

　　队伍，

　　早已走开。

四

——再挑皮 ①

　　我叫你死……

而鞭子

却向

　　无限的

　　山沟 ②

　　灰暗的

　　山沟

---

① 人文本 54 版、人文本 63 版、人文本 78 版"挑皮"作"调皮"。

② 人文本 54 版、人文本 63 版、人文本 78 版以上四行改作：

那鞭子

在向

无边的

山沟，

Pia. Pia. [1]

一节一节地响去。

骣 [2]，

又踢上

两腿；

走开了呵！

五

骣踢碰着 [3] 石块 [4]

砸砸地

发出火花 [5]

---

① 人文本 54 版、人文本 63 版以上三行改作：

灰暗的

山沟，

Pia，Pia，

人文本 78 版以上三行改作：

夜晚的

山沟，

Pia，Pia，

② 人文本 54 版、人文本 63 版、人文本 78 版"骣"作"大背骣"。

③ 人文本 54 版、人文本 63 版、人文本 78 版"踢碰着"作"踢打着"。

④ 人文本 54 版、人文本 63 版、人文本 78 版此处有"，"。

⑤ 人文本 54 版、人文本 63 版、人文本 78 版此处有"。"。

在后边，

李刚

　开始

　乱唱

　　也夹着乱七八糟的骂话①

　这箱子

　里面

　　是啥玩意？

　　我，

　　　我一定要把它

　　　送到大队部②

六

　声音③

　陡然

---

① 人文本 54 版、人文本 63 版、人文本 78 版以上三行改作：
有时
乱唱
有时自言自语：
② 人文本 54 版、人文本 63 版、人文本 78 版此处有"。"，以上二节各行行首对齐。
③ 人文本 54 版、人文本 63 版、人文本 78 版"声音"作"话音，"。

歇下来……

他摸到

自己底血。

一大块

　从脚后跟

　无情地

　　流开。①

声音②，

　再从地上升起……

七

——③ 哼！

---

① 人文本 54 版、人文本 63 版以上四行改作：

一大块血

从脚后跟

无情地

流开，流开。

人文本 78 版以上四行改作：

一大块血

从脚后跟

滴滴地

流开，流开。

② 人文本 54 版、人文本 63 版、人文本 78 版"声音"作"话音"。

③ 人文本 54 版、人文本 63 版、人文本 78 版删去"——"。

死畜牲

回来

我和你算账

死畜牲

……①

八

轻轻地

宽恕地

　那粗大的身腰

　还是挨近畜牲呵。

　他！

　伸出手指

　不歇地

　拣着

鬃毛。②

---

① 人文本 54 版、人文本 63 版、人文本 78 版此节前后有双引号。
② 人文本 54 版、人文本 63 版、人文本 78 版此行与上一行行首对齐。

九

无限的

山沟，

灰暗的

山沟，

　越来越黑，

从黑色里

　来的……

　极潮湿的

　大黑点，

　　把山沟

　　布满。①

———————

① 人文本 54 版、人文本 63 版、人文本 78 版此节十一行改作八行：
无边的
山沟，
夜晚的
山沟，
越来越黑，
浓黑的烟雾，
白的水珠，
把山沟布满。

十 ①

李刚！

他

脱下自己深蓝 ② 的短褂，

盖住

大背骡

与木头箱呀！ ③

十一 ④

夜的生活

---

① 人文本 54 版、人文本 63 版、人文本 78 版"十"作"一〇"。
② 人文本 78 版"深蓝"作"深兰"。
③ 人文本 54 版、人文本 63 版以上三行改作：
盖住了
大背骡
和子弹箱！
人文本 78 版以上三行改作：
盖住了
大背骡
和那木箱！
④ 人文本 54 版、人文本 63 版、人文本 78 版"十一"作"一一"。

快完了，①

无限的②
山沟，
灰暗的③
山沟，
　也要很亮，很好……

十二④

第二天：

（第一个人民
　那么早⑤！）
那么早，
　大队部遗失的几千发子弹

---

① 人文本54版、人文本63版、人文本78版以上二行改作：
夜的生活，
快要完了。
② 人文本54版、人文本63版、人文本78版"无限的"作"无边的"。
③ 人文本78版"灰暗的"作"夜晚的"。
④ 人文本54版、人文本63版、人文本78版"十二"作"一二"。
⑤ 人文本54版、人文本63版、人文本78版"那么早"作"起得那么早"。

由李刚

　　送到！　①

① 人文本 54 版、人文本 63 版以上三行改作二行：

大队部遗失的几千发子弹

由李刚送到！

人文本 78 版以上三行改作二行：

大队部遗失的空木箱，

由李刚送到！

"烧掉旧的，盖新的……" ①

朝向大龙华，②

那个村庄，

三团③

　　放了最后的几声枪。

敌人，

差不多

被歼灭得

光大光；④

　　谁都喊："收复大龙华！"

---

① 此诗初刊于《七月》1940 年 10 月，第 5 卷第 4 期。后收入南天本、希望本、人文本 54 版、人文本 63 版、人文本 78 版。

② 人文本 54 版、人文本 63 版、人文本 78 版此处无"，"。

③ 人文本 54 版、人文本 63 版、人文本 78 版"三团"作"三团的战士"。

④《七月》本此行后另有一节四行：

我们底马，

哗啦，

哗啦，

跑在大龙华。

人文本 54 版、人文本 63 版、人文本 78 版此处"；"作"。"。

那官长

却躲在屋里，

还想反抗；①

（他不出来②

把门关紧

把枪

　　架在窗上）

连老乡

也叫③：

　　"不杀你。④

　　只要你缴枪。……"

那东西

死一样疯狂，⑤

---

① 人文本 54 版、人文本 63 版、人文本 78 版以上三行改作四行：
有一个军官，
已经受了伤，
还躲在屋里，
他还想反抗。
②《七月》本此处有"，"。
③ 人文本 54 版、人文本 63 版、人文本 78 版"也叫"作"也在叫"。
④ 人文本 54 版、人文本 63 版、人文本 78 版"。"作"，"。
⑤ 人文本 54 版、人文本 63 版、人文本 78 版以上二行改作：
那个强盗，
临死还疯狂，

就在窗口，①

打死了老乡。

"大龙华在我们手里，

看你反抗②！"

一个老头子

铁③倒一跤，

跑过来，

跑过来。④

跑过来，

跑过来，

一声也不响⑤

闪着胡子，

点好

大火把⑥

---

① 《七月》本"，"作"。"。

② 人文本54版、人文本63版、人文本78版"反抗"作"还敢反抗"。

③ 《七月》本"铁"作"跌"，此处疑为印刷错误。

④ 《七月》本"。"作"，"。

⑤ 《七月》本此处有"，"。

⑥ 《七月》本此处有"，"。

要烧房子，

烧掉它！ ①

"我的，

　我的，

　　烧，烧，

　　没关系，

"烧掉旧的

　盖新的！

　……"

　　　烧掉旧的，盖新的！

老头子

站在火边②

笑了，

---

① 人文本 54 版、人文本 63 版、人文本 78 版以上三节十二行改作：

一个老头子　　　　　手上的火把，
跌倒一跤，　　　　　火烧的很旺。
急忙忙地
跑到这边来。　　　　他举起火把，
　　　　　　　　　　烧他底房，
一声也不响，　　　　他底胡子上，
闪着胡子，　　　　　也有火光——

②《七月》本、人文本 54 版、人文本 63 版、人文本 78 版此处有"，"。

笑了。

伸着笑眼，
望着 ①

　　他住过五十多年的
　　大龙华，大龙华！

有了
大龙华 ②
他什么也不怕 ③
哈…… ④

他
来到大龙华 ⑤
一双空手 ⑥

一张嘴巴；

---

① 人文本 54 版、人文本 63 版、人文本 78 版以上二行改作：
他笑着，
他望着
② 《七月》本、人文本 54 版、人文本 63 版此处有"，"。
③ 《七月》本、人文本 54 版、人文本 63 版此处有"，"。
④ 人文本 54 版、人文本 63 版此行改作"哈……哈……"。
⑤ 《七月》本此处有"，"。
⑥ 《七月》本此处有"，"。

大龙华

同 ^① 他 ^②

娶了老婆，

成了个家。……^③

朝向大龙华：

三团和人民在合唱：

唱这个歼灭战！ ^④

唱这个家乡！ ^⑤

（一九三九年受灾，

"大龙华歼灭战"以后。）^⑥

---

① 《七月》本"同"作"叫"。

② 人文本 54 版、人文本 63 版、人文本 78 版以上六行改作：

他，穷光棍

初到大龙华，

是一双空手

和一张嘴巴。

有了大龙华

他已经

③ 人文本 54 版、人文本 63 版删去"……"；人文本 78 版以上二行改作：

有了土地

种了庄稼。

④ 人文本 54 版、人文本 63 版、人文本 78 版"！"作"，"。

⑤ 人文本 54 版、人文本 63 版、人文本 78 版此行改作"唱他的好家乡！"。

⑥ 人文本 54 版、人文本 63 版、人文本 78 版此处改作"1939 年，'大龙华歼灭战'以后。"。

我不晓得那条路 ①

不替敌人和汉奸带路

——《国民公约》第七条

一切的路，

都是属于人民。

人民

创造了这些路，

多少年代呵！

一

是一个就要决战的夜里！

敌人

要抢夺这些路。

（想把路马上抓到手里，

　让他底部队增援过来，

　让他底部队增援上去……）

二

七月的

夜，

　铺展在四面老是冒着煤矿气味的

　路上

银色的

沙粒，

　看不见了。

小小的

石片，

　看不见了。

这时候呀

路，似乎在

默念着人民。

三

从路底那一边……

日本底
部队，
　散出吃人的气息，
　　　　　大了
　　　　　　　一点，
　　　　　又大了
　　　　　　　一点。

混账的武装，
把夜撞开；
侵略底梦，
　从那一边闪来。

侵略底梦，
走在路上。

四

这样
　在路上：

那指挥官，
吓住了
　黄文正。

　首先
　大皮靴挑着马镫，
　就一下！

就一下
踢跑了
　那好农民底
　白头巾。

　黄文正，
　在颤栗。

五

呵，
　黄文正！

他听见了
一种
　坏声音：

"来，
　带我们去……

　往那有火星的
　大山顶。"

六

　　——我不晓得那条路！

七

大皮靴，

又上来了。

大皮靴

更响了。

八

——要了我底命

　　也不行……

——黄文正

　　是中国人！

九

这样

在路上：

他，

　　就被绑到核桃树下，

　　拿刺刀

　　　　通死！

　　那粗而黑的血粒

　　从铜样的胸膛奔出，

　　从硬鼻孔奔去……

　　路都红了。

一〇

路都红了。

那是他底路，

他在用血

　　　　喂路！

一一

而敌人

却像一团烟。

不好
　前进；

不好
　后退。

一二

哑了，
　大皮靴。

呆了，
　大皮靴。

一三

枪没有用。

小炮筒
显得黑吗，
　黑得空洞洞。

一四

夜底火星……

火星
在照着 ×××军
从大山顶上
追击
　　敌人。

　　敌人
　　　开始
　　　　撤退；

　　　　　沿路
　　　　　　撤退。

一五

黄文正呵！

　　那宽阔的脸

和多茧的手掌
用一个农民底忠实的死
死在他所种的棒子旁边的
最后的脸相，
　　一直望着——
　　没有失掉的
　　路！

附语：
　　国民公约，
　　像家谱
　　沿着人民底路
　　在传下去……。

　　　　　　　　　一九三九，九月，大庄。

他们为完成公粮而歌唱 ①

②

1 ③

剩 ④ 几个
孩子，⑤
还在场基上 ⑥
捶着荞麦。⑦

---

① 此诗初刊于《文化杂志》（桂林）1942 年 7 月 25 日，第 2 卷第 5 期。后收入南天本、希望本、人文本 54 版、人文本 63 版。其中，收入人文本 54 版、人文本 63 版时题目改作《夜景》。

② 《文化杂志》本有三行引诗：

人民的良心
完全响动在这肉红色的
土地上……

③ 人文本 54 版、人文本 63 版"1"作"一"。

④ 《文化杂志》本"剩"作"有"。

⑤ 人文本 54 版、人文本 63 版以上二行改作：

天已经黑了，
有几个孩子，

⑥ 《文化杂志》本此处有"，"。

⑦ 《文化杂志》本以上二行行首缩进一个字。

一九三九年秋天 ①

晚上的风

向着大沙滩吹。②

2 ③

那么多

农民，

那么多

农民，

　围拢一起 ④

　在骚闹……

二黄说：

　"我只有红枣。"

二黄叫：

　"我没有面粉，

---

① 人文本 54 版、人文本 63 版此处有 "，"。

② 人文本 54 版、人文本 63 版此行改作 "向沙滩吹着。"。

③ 人文本 54 版、人文本 63 版 "2" 作 "二"。

④ 《文化杂志》本此处有 "，"。

你们把我怎样！"①

3②

别丢人了！

东湾③，
要起摸④范。

4⑤

大沙滩上——

驮子
　结成队伍，
　像浪潮。⑥

麻包，

---

①《文化杂志》本以上二节五行作一节；人文本54版、人文本63版以上二行改作一行"'我哪有小麦？'"。

②人文本54版、人文本63版"3"作"三"。

③人文本54版、人文本63版"东湾"作"东湾村"。

④《文化杂志》本、人文本54版、人文本63版"摸"作"模"。

⑤人文本54版、人文本63版"4"作"四"。

⑥《文化杂志》本以上二节四行作一节。

装满小米，

装满大麦 ①。

那么多

农民，

那么多

农民，

　他们为完成公粮

　而叫笑……②

5③

二黄

还坐在石滚④上

保守沉默。

狭长的嘴，

---

① 人文本 54 版、人文本 63 版"大麦"作"小麦"。

② 《文化杂志》本以上二节六行作一节，"……"作"！"；人文本 54 版、人文本 63 版以上二行改作：

他们完成了公粮

心上在欢笑。

③ 人文本 54 版、人文本 63 版"5"作"五"。

④ 《文化杂志》本"石滚"作"石滚子"。

不断地咬着

　　烟管①，

像做梦。

② 深深地想：

"怎么③ 好？④"

6⑤

山里的月亮，

好像⑥

　　挂在山上。

　　半夜了。⑦

　　驮子

　　又结成队伍，⑧

---

① 人文本 54 版、人文本 63 版"烟管"作"旱烟管"。

② 人文本 54 版、人文本 63 版此处增加"他"。

③ 人文本 54 版、人文本 63 版"怎么"作"怎么是"。

④《文化杂志》本"？"作"！？"。

⑤ 人文本 54 版、人文本 63 版"6"作"六"。

⑥《文化杂志》本"好像"作"似乎"。

⑦ 人文本 54 版、人文本 63 版"半夜了。"作"天半夜了，"，并与下一节合为一节。

⑧《文化杂志》本此处无"，"。

回到村庄。

那么多

农民，

那么多

农民，

　　他们为完成公粮

　　而歌唱！ ①

7②

二黄

　　爬上楼顶③，

　　　　眼泪滴到红枣。……④

他在懊悔⑤

　　为什么⑥要吵闹？

---

① 人文本54版、人文本63版以上二行改作：
他们完成了公粮
心上在歌唱！
② 人文本54版、人文本63版"7"作"七"。
③《文化杂志》本"楼顶"作"屋顶"。
④ 人文本54版、人文本63版以上二行改作：
爬上了房顶，
泪也滴下了。
⑤《文化杂志》本此行行尾有"——"；人文本54版、人文本63版"懊悔"作"懊悔了"。
⑥《文化杂志》本"为什么"作"他为什么"。

8①

伟大的良心

战胜了

   自私的

   人！

二黄

完全拿出②他底面粉。

在白亮的

月夜，

   跑出了村。③

9④

呵……

---

① 人文本 54 版、人文本 63 版"8"作"八"。

② 人文本 54 版、人文本 63 版"完全拿出"作"献出"。

③《文化杂志》本此行后另有一行"…………"。

④ 人文本 54 版、人文本 63 版"9"作"九"。

这土地 ①

简直要站起来——

把他拥抱！

（一九三九，十月。）②

---

① 《文化杂志》本"这土地"作"我们的土地，"。
② 《文化杂志》本此处无署时；人文本 54 版、人文本 63 版此处署作"1939 年 10 月"。

一百多个 ①

向那边前进，

一百多个农民，

愤怒 ② 得很，

悲壮得很。

敌人，

你就举起

一百多杆火枪，③

也打不倒他们。

农民底心，

正在前进……

① 此诗收入南天本、希望本、人文本 54 版、人文本 63 版、人文本 78 版。

② 人文本 78 版"愤怒"作"忿怒"。

③ 人文本 54 版、人文本 63 版、人文本 78 版以上三行改作：

敌人，你

即便你举起

一万枝枪，

早晨：

他们

从南北村

　　前进……

像^①队形，

又不像^②队形；

孩子，女人

一大阵。

悲哀，

停止了；

他们开始

叫唤。^③

　　　　在血还没有干的沙滩上，

农民底心

在前进，

---

① 人文本 78 版"像"作"象"。

② 人文本 78 版"像"作"象"。

③ 人文本 54 版、人文本 63 版、人文本 78 版以上一节四行删去。

像火星！ ①

毡帽头，

拉到眼边；

因为呀，

　　还没有作战。

梭标

竖在前面，

当做旗帜，

在指挥；

要指挥

大队，

——孩子，女人

走上战线。

　　"不怕烧

---

① 人文本 54 版、人文本 63 版以上四行改作：
　——在血还没有干的沙滩上，
农民底心
像无数的火星，
要把春天唤醒。
人文本 78 版在人文本 63 版的基础上将"像"改作"象"。

也不怕杀，

我们还要 ① 去找

找一条活路……"

老婆 ② 呵，

歇下了孩子

张开嘴

也要发誓。

远远地，

远远地，

一百多个农民，

走在一起。

走在一起，

声音也在一起，

连接起来，

铁一样紧的。

雪停了，

一切的手，

一切的脸，

都伸向土地。①

孩子②

坐在雪上③

一抓到雪

就往嘴里塞。

现在——

就是眼泪，

也变成了

　　　武器！

它滴得多些，

---

① 人文本 54 版、人文本 63 版、人文本 78 版以上二节八行改作：
他们把锄头
紧紧扛在肩上，
他们把种子
紧紧抱在胸怀。

倔强的手指，
指着这土地：
——麦苗呵
快长起来！
② 人文本 54 版、人文本 63 版、人文本 78 版"孩子"作"他们底孩子"。
③ 人文本 54 版、人文本 63 版、人文本 78 版此处有"，"。

敌人会死得多些；①

他们

揩着眼泪喊：

打倒敌人！②

雪停了，③

一百多个，

拨开新的雪片

和新的血迹。

悲哀，

停止了；

他们开始

歌唱。④

歌唱

---

① 人文本 54 版、人文本 63 版、人文本 78 版 "；" 作 "，"。

② 人文本 54 版、人文本 63 版、人文本 78 版此行前后有双引号。

③ 人文本 54 版、人文本 63 版、人文本 78 版此行改作 "风雪停止了，"。

④ 人文本 54 版、人文本 63 版以上四行改作：

——在血还没有干的沙滩上，

叮叮当当

这一百多个人，

握起锄头歌唱：

人文本 78 版在人文本 63 版的基础上将 "叮叮" 改作 "丁丁"。

反扫荡!

歌唱

开荒!

　　　　　　　　一九三九冬,反扫荡战后。①

曲阳营 [①]

你们

杀吧

我们底

兄弟

没有召唤

他们

就来了

—— 自 [②] 旧作《中国农村的故事》

沿着沙河，

我们底曲阳营，[③]

开过去，[④]

唱起新的歌……[⑤]

[①] 此诗初刊于《文学报》1943 年 5 月 10 日，新 1 卷第 1 期。后收入南天本、希望本、人文本 54 版、人文本 63 版、人文本 78 版。

[②]《文学报》本、人文本 54 版、人文本 63 版、人文本 78 版"自"作"引自"。

[③]《文学报》本此处无"，"。

[④]《文学报》本"，"作"……"。

[⑤]《文学报》本"……"作"，"；人文本 54 版、人文本 63 版、人文本 78 版以上二行改作：
一直开过去，
唱起新的歌。

那新的歌，

告诉你，告诉我，

曲阳多骄傲，

曲阳多好①。

曲阳呵，

差不多全部

排出老乡底手，

走进队伍。②

　　这是战斗的乡土，③

这一个区域！

它有着沙河，

和沙河上勇敢的民族。④

---

① 人文本54版、人文本63版、人文本78版"多好"作"又多好"。

② 人文本54版、人文本63版、人文本78版以上四行改作：

曲阳好地方，

它底好儿女，

一行又一行，

走进了队伍。

③《文学报》本此行与下一行行首对齐。

④ 人文本54版、人文本63版、人文本78版以上三行改作：

人人都夸说：

它有大沙河，

和勇敢的民族。

沿着这沙河，

我们底曲阳营，

开过去，①

唱起新的歌……②

曲阳人

站在沙河边上，

热烈地望着

　　安新方。

望他底儿子，③

望他自己，

他们走在一行，④

像⑤沙河一样。

倘若说⑥

沙河是坚强，

安新方同志

---

①《文学报》本"，"作"……"；人文本54版、人文本63版、人文本78版此行改作"一直开过去，"。

②《文学报》本"……"作"，"；人文本54版、人文本63版、人文本78版"……"作"。"。

③《文学报》本此处无"，"。

④《文学报》本"，"作"："。

⑤人文本78版"像"作"象"。

⑥人文本54版、人文本63版、人文本78版此处有"："。

就要① 更坚强。

老安四十多，
却不像四十多，②
脸色很红，
胡子很短。③

那么温和，④
又那么猛，⑤
为了曲阳营，⑥
他大声地喊过。

大声地喊过，⑦
跟着他底声音，
新的⑧ 子弟兵，

---

① 《文学报》本"就要"作"就"。
② 《文学报》本","作"；"；人文本78版"像"作"象"。
③ 人文本54版、人文本63版、人文本78版以上二行改作：
他脸色很红，
他胡子很短。
④ 《文学报》本此处无","。
⑤ 人文本54版、人文本63版、人文本78版以上二行改作：
他那么温和，
他又那么猛，
⑥ 《文学报》本此处无","。
⑦ 《文学报》本","作"。"；人文本54版、人文本63版、人文本78版"大声"作"他大声"。
⑧ 《文学报》本此处无"的"。

像^① 一阵风；

像^② 一阵风，
刮过大沙河，^③
在大沙河上，^④
成立了曲阳营。

在曲阳营，
在沙河，
谁都唱着
　老安底歌。

这是新的歌，^⑤
歌名叫"老安"！^⑥
　"老安，
　　他真行；^⑦

　　他真勇敢，
　　他真有脸，

---

① 人文本54版、人文本63版"像"作"好像"；人文本78版"像"作"好象"。
② 人文本54版、人文本63版"像"作"好像"；人文本78版"像"作"好象"。
③ 希望本此处无"，"。
④《文学报》本此处无"，"。
⑤《文学报》本"，"作"："。
⑥《文学报》本此行作"叫'老安'！"。
⑦《文学报》本"；"作"，"。

他做了①

　　我们底指导员。②"

沿着沙河，③
我们底曲阳营，
开过去，④
唱起新的歌……⑤

　　　　　　一九三九年，五月。⑥

---

① 人文本 54 版、人文本 63 版、人文本 78 版"做了"作"当了"。

② 《文学报》本此处有"……"。

③ 《文学报》本此处无"，"；人文本 54 版、人文本 63 版、人文本 78 版"沙河"作"大沙河"。

④ 《文学报》本"，"作"……"；人文本 54 版、人文本 63 版、人文本 78 版此行改作"一直开过去，"。

⑤ 《文学报》本"……"作"。"。

⑥ 《文学报》本此处无署时；人文本 54 版、人文本 63 版、人文本 78 版此处署作"1939 年 5 月"。

自杀①

这里，
又是战斗。

在这战斗里头②，
特别显出
日本底忧愁！

一

我们的③枪火
迫近
敌人；

已经

---

① 此诗收入南天本、希望本、人文本54版、人文本63版、人文本78版。其中，收入人文本78版时题目改作《攻击》。

② 人文本54版、人文本63版、人文本78版"在这战斗里头"作"在这次战斗里"。

③ 人文本54版、人文本63版、人文本78版"的"作"底"。

在

向敌人

作最后的总攻击。

那里

闪着

决死的

呼吸。①

二

一枝枪

上去：②

又一枝枪

上去。

三

一枝枪

　下去；

---

① 人文本 78 版以上二行改作：

子弟兵

无敌。

② 人文本 54 版、人文本 63 版、人文本 78 版 "："作 "；"。

又一枝枪

　　下去。

四

在那里：

完全打败了

奥村部队。

五

奥村，

死掉。

他底头脑，

被他底部队蹈着。①

他底胸膛，②

被他底炮车轧着。

————————

① 人文本 78 版以上一节四行改作二节：

奥村这强盗，

已经被打死。

看呵，他底头脑，

被他底部队踏着。

② 人文本 54 版、人文本 63 版、人文本 78 版此行改作"看呵，他底胸膛，"。

六

枪火
轻了。

呼号
轻了。

七

　　从敌人底退却里……
我们
　　似乎听到：

　　日本人
　　在哭泣。[1]

八

　　夜就要亮。

---

[1] 人文本 78 版以上二节五行合为一节。

而在夜里，
淌过阵地的
新的
　　血液，

还在
淌呢。

还在
响呢。

九

这时候呀！

在阵地底
前头
那一个被人血滴红的
大山沟旁
发现了——
五个尸首
吊在树上。

十 ①

五个

　尸首：

　上面

　实在没有一个伤痕；②

　我们底

　枪

　实在没有

　射到他们。③

十一 ④

五个

　尸首：

　　脸孔，

那样白。

唾沫，
那样红。①

十二②

五个
尸首：

被风刮来刮去。
直直地摆动
在中国底天空。③

十三④

呵！

为什么

---

① 人文本 78 版此节各行行首无缩进。
② 人文本 54 版、人文本 63 版、人文本 78 版"十二"作"一二"。
③ 人文本 78 版此节各行行首无缩进。
④ 人文本 54 版、人文本 63 版、人文本 78 版"十三"作"一三"。

他们
　要死；

这样
　自己解决了自己？

　为什么
　他们
　　并不打算

　　继续听

　　奥村底命令，

　　来打

　　　我们？　①

十四 ②

而这
　不能再回到他们国土去的
悲哀的
尸首，

---

① 人文本 54 版、人文本 63 版、人文本 78 版此节各行行首无缩进。
② 人文本 54 版、人文本 63 版、人文本 78 版"十四"作"一四"。

却在我们前面

公开地

　宣布：

　日本底忧愁！　①

十五 ②

太阳

起来……

一连人，

把尸首

　从树上解开。③

① 人文本 78 版此节各行行首无缩进。

② 人文本 54 版、人文本 63 版、人文本 78 版"十五"作"一五"。

③ 人文本 54 版、人文本 63 版、人文本 78 版此节各行行首无缩进。

后记①

　　这是作者在战争发生后到前年年底的，所写的短诗底选集。②从前年年底起，我们之间就断了消息。

　　但说③"选集"，其实是不大妥当的。回忆起来，作者陆续寄来的诗稿实在不少，常常在我底案头堆成一堆，依他自己底希望，十个集子当也出来了，④但因为我底忙乱，也因为没有印出的能力，到去年春天，才决计把全部重新通读，编成了一本。不幸却中途失掉了。这次，从旧刊物上抄，从重庆寄来的残稿里选，才集成了这个样子，和去年的⑤那一本相比，不但份量不同，恐怕内容也很有差异吧。

　　第一辑所收者，是抗战最初期，即作者停留在武汉的短期内所写的。我们可以看得出，诗人是用了梦的情绪投向了作为整个生活世界的战争，但这为时不久，很快地就用了虽然宏大

---

　　① 此文作者为胡风，原题《一个诗人底历程——田间诗集〈给战斗者〉编后记》，刊载于《新华日报》1943 年 12 月 28 日第 4 版，又以此题载于《联合周报》1944 年 2 月 26 日第 4 版，又以《一个诗人底历程——田间诗集〈给战斗者〉后记》载于《诗垦地：滚珠集》1946 年 5 月 1 日第五辑。而后此文以《后记》为题收入南天本、希望本，人文本 54 版及此后诸版均删去。

　　②《新华日报》本《联合周报》本此句作"这是作者在战争发生后到前年年底所写的短诗底选集。"

　　③《联合周报》本"但说"作"说是"。

　　④《新华日报》本","作"。"。

　　⑤《联合周报》本"去年的"作"去年"。

但却不无几分伤感的《给战斗者》综合地表现了，同时也就是结束了这一段心的历程。

他登上了旅途，同时他底投向了战争的心也就透入了[①]具体的对象。那表现之一是对于各国的反侵略战士，反压迫战士的[②]歌颂。记得篇数不少，他自己曾提议过单出一本的，但却已完全散失了，现在还有一首可录，就另立一辑。[③]

这时候他已加入了[④]服务团，他能够拥抱了具体的人物或具体的生活事件底精神境界。他自己曾编成了一集名命[⑤]为报告诗的《服务记》，每首且附有作插图用的照片，但也已失掉了，[⑥]现在从《呈在大风砂里奔走的岗位们[⑦]》选来三首，合成第三辑。

但如果那生活事件是由一个大·[⑧]群集作主体，表现了一个群集底精神动态，那他底情绪也就跟着扩大[⑨]，伸向了宏大的旋律。像在《呈在大风砂里奔走的岗位们[⑩]》里的《人民底舞》《在村底演奏》……就是的。但他底情绪的感觉虽然有余，情绪的意力却尚嫌不够，因而终于没有能够[⑪]获得应有的深厚和完整。

但如果他所面对的人物是一个社会学范畴的集体存在，而

---

① 《联合周报》本"透入了"作"透入"。

② 《联合周报》本此处无"的"。

③ 《联合周报》本此句作"记得篇数不少，他自己曾录就另立一辑。"

④ 《联合周报》本"加入了"作"入了"。

⑤ 《联合周报》本、《诗垦地》本"名命"作"命名"。

⑥ 《新华日报》本"，"作"。"。

⑦ 《新华日报》本、《联合周报》本"岗位们"作"岗卫们"；《诗垦地》本"岗位们"作"冈位们"。

⑧ 《新华日报》本、《联合周报》本、《诗垦地》本"·"作"的"。

⑨ 《诗垦地》本"扩大"作"扩大了"。

⑩ 《新华日报》本、《联合周报》本"岗位们"作"岗卫们"；《诗垦地》本"岗位们"作"冈位们"。

⑪ 《联合周报》本"能够"作"能"。

且是作者底理念所能够明确地肯定的，那他底战斗号召的要求就要特别地凸出。收在第四辑的，特别立意为朗诵而写的两首就是。这一型也不少，我手头还抄有为朗诵给农民听的《这一代》。这发展到后来成了"大众合唱诗"，现在还保有题名[①]《我们回到哪里去》底一个片断。在这里，我们看到了社会学的内容怎样获得了好好[②] 相应的，美学上的力学的表现，虽然还是情绪的意力尚嫌不够的表现。

但如果他所面对的是[③] 一个个别的人物，而且企图深入他底身世，广及他底周遭，那就成了和传统的意义不同的叙事诗。这，我只得到一首《她也要杀人》。

那以后，他便[④] 深入了生活，而且是需要高度突击性的，群众宣传工作的生活。这就一方面生活对象更[⑤] 明确地在日常事件上出现，[⑥] 另一方面[⑦] 理念上的战斗号召的要求更强烈地在创作企图上鼓动，于是诞生了街头[⑧] 诗。这虽然招到了文学豪绅底臭骂，但读者当然明白，如果他们不骂，[⑨] 倒反而是奇怪的事情。

但主观的战斗号召原是进行在客观对象底变革过程中间，

---

① 《新华日报》本此处有"，"。
② 《新华日报》本、《联合周报》本、《诗垦地》本"好好"作"各各"。
③ 《联合周报》本此处无"是"；《诗垦地》本"但如果他所面对的是"误排作"面但如果他所对的是"。
④ 《新华日报》本、《联合周报》本、《诗垦地》本"便"作"更"。
⑤ 《诗垦地》本"更"作"多"。
⑥ 《联合周报》本"，"作"。"。
⑦ 《新华日报》本、《联合周报》本此处有"，"。
⑧ 《联合周报》本"街头"作"头街"，疑为排版错误。
⑨ 《联合周报》本无"但读者当然明白，如果他们不骂，"。

而且要加强客观对象底变革速度，生活对象在"日常事件"上
出现的那"日常事件"，正是成了"日常事件"的战斗，① 因而
诗人底心同时也要伸入或拥抱客观的对象，在客观对象里面发
现了主观的要求。"小叙事"就这样地出现了。无论是诗人底创
作欲求或他所拥抱的生活现实，都经过了而且在经过着战斗锻
炼和思想锻炼的过程，因而他初期所追求的歌谣底力学终于得
到了变质的结果，成了能够表现新的社会内容的美学的面貌，
在作品上有些完成了浑然的活的旋律。在美学的意义上说，这
是溶合了诗人所创造的一切形式底优点的，虽然不能也不应作
为对于那些形式的否定。

　　但小叙事还毕竟是突击性的速写，而诗，却总是不断地要
求情绪世界底深厚和深长的。随着对于生活内容的坚韧的深入，
诗人田间终于开辟了纪念碑式的大叙事诗的方向。我看到了《亲
爱的土地》底全篇和《铁的兵团》底一小部分。关于这，现在
不必谈到，而且，他和我们隔离了将近两年，不明白这中间的
他底发展过程，因而也是不宜轻于谈到的。

　　现在就把这一本送给读者，至于和那些② 以侮辱田间为快的
文学豪绅，当然是而且也应该是永远无缘的。

　　《代序》一篇，还是抗战初期诗人自己在武汉时所写的。③
虽然④ 具体的论点并不能完全恰如其份，但热情底蓬勃和心地

---

①《新华日报》本、《联合周报》本"，"作"。"。
②《联合周报》本"那些"作"那些一向"。
③《新华日报》本、《联合周报》本、《诗垦地》本"。"作"，"。
④《诗垦地》本"虽然"作"虽然是"。

底真诚①却还有益于读者对他②的理解，所以收入，放在卷首了。

　　　　　　一九四二年，十二月二十③六日深夜，

　　　　　　　　记于桂林之听诗斋

　　　　　　　　　　胡风。④

———————————

①《诗垦地》本"心地底真诚"作"心地真诚"。

②《诗垦地》本"他"作"他们"。

③《新华日报》本"二十"作"廿"。

④《新华日报》本此后有附注"《给战斗者》已由桂林南天出版出版，为'七月诗丛'之一，定价三十八元。"。《联合周报》本此处无署时；《诗垦地》本署为"一九四二年，十二月二十六日深夜，记于桂林之听诗斋。"。

附录一：新增诗歌

哨兵呵 ①

多少武器，

多少生命，

　　都在等候着你！

当你发现了仇敌，

一切，一切，

都马上出击……②

---

① 此诗与《假使我们不去打仗》合题作《街头诗两首》，刊载于《新华日报》1945 年 6 月 11 日，第 4 版。后收入人文本 54 版、人文本 63 版、人文本 78 版。

② 《新华日报》本此诗共一节四行：

哨兵呵

　多少武器在等候你

　假使你发现了仇敌

　一切——都要出击

毛泽东同志 ①

你们看到——

毛泽东同志吗？

延安底工人

要告诉你们：

他底儿子

毛主席也抱过，

还给他底儿子说过：

　　"长大呵，

　　做一个

　　胆大的边区自卫军！"

1938 年，作于延安。

---

① 此诗收入人文本 54 版、人文本 63 版、人文本 78 版、诗选本。

火车 ①

火车，火车，
开得快一点！

我底兄弟们，
也站在上面；②

我底姊妹们，
也站在上面；③

——拿着枪，
　　打着旗。

火车，火车，
开得更快一点；

---

① 此诗收入人文本 54 版、人文本 63 版、人文本 78 版。
② 人文本 78 版"；"作"。"。
③ 人文本 78 版"；"作"。"。

让他们早一些

把抗战底胜利品，

带回到延安 ①

来开庆祝大会！

1938 年，作于延安。

---

① 人文本 78 版此处有"，"。

敢死队员 ①

我们未来幸福的孩子 ②

个个都会唱着陈庄 ③ 战斗；

这句话更要背得烂熟：

我们伤亡十分之六！ ④

——史轮底《报名》

一师兵马 ⑤

从平原上过来，

打算在边区 ⑥

歇一口气。

正是秋天的末尾，

日子渐渐冷哩。

---

① 此诗原题《敢死队员——小叙事诗》，初刊于《诗创作》1940 年 11 月 5 日，第 5 期特大号。后收入人文本 54 版、人文本 63 版、人文本 78 版。

② 《诗创作》本此处有"，"。

③ 《诗创作》本"陈庄"作"×庄"。

④ 《诗创作》本此行前后有双引号。

⑤ 《诗创作》本此处有"，"。

⑥ 《诗创作》本此处有"，"。

我们底敌人

不要命地，

又突然

向陈庄攻击……①

好！

这一师人

再握起武器，

把敌人包围。②

在这次战斗里

消灭它一千，

人们都庆贺：

---

①《诗创作》本以上二节六行作一节六行：
正是秋天底末尾，
日子渐渐冷哩！
我们底仇敌，
不要命地
又突然
向×庄攻击。
②《诗创作》本以上三行作：
一师兵马，
再握起武器
进行包围。

——陈庄歼灭战！①

还记得吗——②

那时候，③

有一个敢死队员④

年纪⑤才十多岁。

他站到最前面，⑥

喊着要

加入敢死队！

报了名，

领了手榴⑦弹，

这个战士，⑧

———————————

①《诗创作》本以上四行作：
在战斗里
消灭它一千；
人都喊着：
"×庄歼灭战！"
②《诗创作》本"——"作"？"。
③《诗创作》本此处无"，"。
④《诗创作》本此处有"，"。
⑤《诗创作》本此处无"年纪"。
⑥《诗创作》本此行作二行：
他，
跑到最前面，
⑦《诗创作》本"榴"作"溜"。
⑧《诗创作》本此行作"这个红人，"。

这个孩子。

这个战士，

这个孩子，

手比泥还黑，

脸比泥还黑。①

他穿的②鞋，

早就破碎，

脚趾头发了红，

露在外边。③

但他底生命

比铁还要坚，

站到、站到

---

①《诗创作》本以上四行作：

这个孩子

这个红人

手很黑，

脸很污秽；

②《诗创作》本"他穿的"作"他底"。

③《诗创作》本以上二行作：

脚指头发红，

伸在外边。

抗日的前线。①

跟着主力，
敢死队还要首先
爬上山尖，
占领山尖。

　　孩子爬到山尖，
　　血也冲到山尖。②

一直到死，
一直到最后③，
孩子呵④，
　　永远睡⑤在那里。

他睡在那里
不会起来了，

---

①《诗创作》本以上四行作：
但那生命，
却像铁一样，
站到，站到
我们底前线！
②《诗创作》本以上二行作：
孩子到了山尖，
血也冲到了山尖……
③《诗创作》本"最后"作"胜利"。
④《诗创作》本"呵"作"啊"。
⑤人文本78版"睡"作"站"。

他和我们

再也难得见面。①

万岁——

　　孩子！

万岁——

　　敢死队员②

① 人文本78版以上四行改作：

他还和我们

永远在一起；

你看他脸上，

还在笑着哩。

② 《诗创作》本以上三节八行作二节八行：

睡在那里，

不会起来了；

睡在那里，

不能起来了。

万岁——

敢死队员！

万岁——

孩子！

人文本63版、人文本78版此处有"！"。

祝山①

——为勇敢的人而作，
并献给十月革命节②

山呵：

——一个人

穿着黑棉袄③

戴着毡帽④

像⑤一棵树

长在砂里⑥

他站在岩石上⑦

他想：

"⑧为了祖国⑨

我应该

---

① 此诗收入人文本 54 版、人文本 63 版、人文本 78 版。

② 人文本 78 版此副标题上下二行合为一行。

③ 人文本 78 版此处有"，"。

④ 人文本 78 版此处有"，"。

⑤ 人文本 78 版"像"作"象"。

⑥ 人文本 78 版此处有"，"。

⑦ 人文本 78 版此处有"，"。

⑧ 人文本 78 版此处前双引号及后文的后双引号删去。

⑨ 人文本 78 版此处有"，"。

和岩石一样①

就是敌人底炮弹

打过来②

打碎了

——我③

我也要

一片片地

躺在这里④

而且

不需要谁⑤

为我哭泣⑥

甚至呵⑦

把我底名字

刻上墓碑⑧

呵，哪怕

乌鸦

啄去

---

① 人文本 78 版此处有"，"。
② 人文本 78 版此处有"，"。
③ 人文本 78 版此处有"，"。
④ 人文本 78 版此处有"。"。
⑤ 人文本 78 版此处有"，"。
⑥ 人文本 78 版此处有"，"。
⑦ 人文本 78 版此处有"，"。
⑧ 人文本 78 版此处有"。"。

我的头颅①

呵，哪怕

牲羊②们

踏着

我底骨头③

哪怕

我底血上

长起草④

也不一定

需要一座坟墓⑤

我呵⑥

我只愿望

在将来：

——老沙河旁⑦

有一批集体农场⑧

这农场⑨

---

① 人文本78版此处有"；"。
② 人文本78版"牲羊"作"群羊"。
③ 人文本78版此处有"；"。
④ 人文本78版此处有"；"。
⑤ 人文本78版此行改作"需要一坐坟墓。"。
⑥ 人文本78版此处有"，"。
⑦ 人文本78版此处有"，"。
⑧ 人文本78版此处有"！"。
⑨ 人文本78版此处有"，"。

多种些麦子①

到收割后②

就让大伙

——那一年吃不着

三顿面的人③

能吃一个饱④

该喝酒⑤

也就喝酒⑥

（不妨痛快地

喝一下子）⑦

建一个酒厂吧⑧

改造一下枣酒⑨

这不是因为酒⑩

是因为我们

要更有勇气⑪

---

① 人文本 78 版此处有 ","。
② 人文本 78 版此处有 ","。
③ 人文本 78 版此处有 ","。
④ 人文本 78 版此处有 "。"。
⑤ 人文本 78 版此处有 ","。
⑥ 人文本 78 版此行作 "就喝喜酒。"。
⑦ 人文本 78 版删去以上二行。
⑧ 人文本 78 版此处有 ","。
⑨ 人文本 78 版此处有 ","。
⑩ 人文本 78 版此处有 ","。
⑪ 人文本 78 版此处有 ","。

要更愉快 ①

要来喊：

'看我们

来建设中国！' ②

农民同志们 ③

每一个月 ④

上阜平城一次 ⑤

去开会讨论

新的农业计划 ⑥

甚而

工业 ⑦

甚而

矿业……

当他们去的时候 ⑧

骡马底铜铃

叮叮当当 ⑨

他们

---

① 人文本78版此处有"，"。
② 人文本78版以上二行单引号改为双引号。
③ 人文本78版此处有"，"。
④ 人文本78版此处有"，"。
⑤ 人文本78版此处有"。"。
⑥ 人文本78版此处有"；"。
⑦ 人文本78版此处有"、"。
⑧ 人文本78版此处有"，"。
⑨ 人文本78版此行改作"丁丁当当，"。

就会唱

——唱我底①歌……

我就愿望

我底歌

像沙河底水波

在阳光里

在枣底香味

和谷底甜味里

那么哗哗地

哗哗地

长久地活下去

（歌活着

世界唱着

世界呵

要成为新的歌）"

他呢

他是谁 ①

他是谁 ②

——他是一个民众！

他站在岩石上 ③

眼睛

像山鹰一样 ④

这是深夜 ⑤

暴风正吹着 ⑥

---

① 人文本78版以上四节十五行删改作一节十行：
胜利之歌，
象沙河底水波，
在阳光里，
在枣底香味
和谷底甜味里，
那么哗哗地、
哗哗地、
长久地活下去。
他呢
他是谁？
② 人文本78版此处有"、"。
③ 人文本78版此处有"，"。
④ 人文本78版此行改作"象山鹰一样。"。
⑤ 人文本78版此处有"，"。
⑥ 人文本78版此处有"。"。

白杨林里 ①

呜呜地

——像古代的战场 ②

黄帝驱逐蚩尤 ③

黄帝底剑

呼上半空 ④

奔在大雾里 ⑤

而蚩尤在临死前 ⑥

还要挣扎 ⑦

不惜拿血珠 ⑧

一把

一把 ⑨

掷到

赤红的

金的盾上 ⑩

　　或者像 ⑪

---

① 人文本78版此处有","。
② 人文本78版此行改作"象古代的战场,"。
③ 人文本78版此处有","。
④ 人文本78版此处有","。
⑤ 人文本78版此处有","。
⑥ 人文本78版此处有","。
⑦ 人文本78版此处有","。
⑧ 人文本78版此处有","。
⑨ 人文本78版此处有","。
⑩ 人文本78版此处有"。"。
⑪ 人文本78版"像"作"象"。

胜利的马群

一窝蜂地

跑过砂面……

就在此刻

在暴风里

他——

如一个野孩子

抱住紫的花簇

微笑

并且唱

——为着他底调子

接近于山歌

他要以铜嗓子

（短句头

像 ① 匕首）

唱山底祝词

山呵

请听！

---

① 人文本 78 版"像"作"象"。

　　"山呵

　　　勇敢者 ①

你，你是
一个英雄呵 ②

瞧——炮火并没有
烧枯你底皮肤 ③

在你底胸膛上
还长着民主，诗，花朵 ④

战士底鲜血
天天洗着你 ⑤

（它甚至铺在你下面
保护你底安全）

---

① 人文本 78 版此处有"。"。
② 人文本 78 版此处有"。"。
③ 人文本 78 版此处有"。"。
④ 人文本 78 版此处有"。"。
⑤ 人文本 78 版此处有"。"。

你底法令 ①
照人民底心制成 ②

顽强，正直，信心
作了你底骨骼 ③

你，在暴风雨里
没颤栗过一次 ④

你常常亮着铠甲
站起来，瞭望世界 ⑤

有时你沉思 ⑥
有时你呼号 ⑦

你呵，为了中国
当一位前哨 ⑧

---

① 人文本 78 版此处有 "，"。
② 人文本 78 版此处有 "。"。
③ 人文本 78 版 "骨骼" 作 "骨胳"。
④ 人文本 78 版此处有 "。"。
⑤ 人文本 78 版 "瞭望世界" 作 "了望世界。"。
⑥ 人文本 78 版此处有 "，"。
⑦ 人文本 78 版此处有 "。"。
⑧ 人文本 78 版此处有 "。"。

你像岩石
你又像野花

你像山鹰
你又像蜜蜂

你像大炮
你又像匕首 ①

你像马尔斯 ②
你又像潘 ③

你是战士 ④

---

① 人文本 78 版以上三节六行改作：
你象岩石，
你又象野花。

你象山鹰，
你又象蜜蜂。

你象大炮，
你又象匕首。
② 人文本 54 版此处有注释"希腊战神"。
③ 人文本 54 版此处有注释"希腊牧神"；人文本 78 版以上二行删去。
④ 人文本 78 版此处有"，"。

你是农民 ①

你英武，你机智 ②
你高大，你宽阔 ③

你披着野草 ④
也不以为羞耻 ⑤

你露出胳膊 ⑥
也不以为贫穷 ⑦

你是战争底养子 ⑧
你又饲养战争 ⑨

山鼠咬着你底果子 ⑩
你在诱惑它 ⑪

---

① 人文本 78 版此处有 "。"。
② 人文本 78 版此处有 "，"。
③ 人文本 78 版此处有 "。"。
④ 人文本 78 版此处有 "，"。
⑤ 人文本 78 版此处有 "。"。
⑥ 人文本 78 版此处有 "，"。
⑦ 人文本 78 版此处有 "。"。
⑧ 人文本 78 版此处有 "，"。
⑨ 人文本 78 版此处有 "。"。
⑩ 人文本 78 版此处有 "，"。
⑪ 人文本 78 版此处有 "。"。

——你知道：等它咬着一点 ①

而你，你一下子扼死它……

——你是

英雄呵！

　　山呵 ②

　　同志 ③

已经十一月了 ④

天快要落雪 ⑤

灰白的风

像狼在哼着 ⑥

　　蝙蝠在抖着翅膀 ⑦

---

① 人文本 78 版此处有 "，"。
② 人文本 78 版此处有 "，"。
③ 人文本 78 版此处有 "。"。
④ 人文本 78 版此处有 "，"。
⑤ 人文本 78 版此处有 "。"。
⑥ 人文本 78 版以上二行改作：
灰白的风，
象狼在哼着。
⑦ 人文本 78 版此处有 "，"。

它也想横飞哩 ①

地下的蝎子 ②
它也想站起来 ③

呵，现在呵，如党所宣告：
——'黎明前的黑暗'

——那么，不妨
再擦一擦枪 ④

在大树上，砸几颗钉子
来记忆战争的盟约：

'战胜敌人 ⑤
　　或者蒙受灾难 ⑥'

你会完成历史 ⑦

----

① 人文本 78 版此处有 "。"。
② 人文本 78 版此处有 "，"。
③ 人文本 78 版此处有 "。"。
④ 人文本 78 版此处有 "。"。
⑤ 人文本 78 版此处有 "，"。
⑥ 人文本 78 版此处有 "。"。
⑦ 人文本 78 版此处有 "，"。

只有你，你会完成历史 ①

在你底面前 ②

不会有失败 ③

即使是失败 ④

你也要站在敌人肩头 ⑤

　山呵

　　勇敢者……"

大风

吹熄了

——它

　　索索地落下来

这，比方说：

蜡烛烧尽了 ⑥

留下一片油①

在熔着②

或者

正如

敌人

溃败在山的四面③

他们的血块④

被正义⑤

被历史⑥

被胜利⑦

踏成白色⑧

而他———一个民众⑨

他底祝词⑩

也朗诵完毕⑪

---

① 人文本 78 版此处有"，"。
② 人文本 78 版此处有"。"。
③ 人文本 78 版此处有"，"。
④ 人文本 78 版此处有"，"。
⑤ 人文本 78 版此处有"、"。
⑥ 人文本 78 版此处有"、"。
⑦ 人文本 78 版此处有"、"。
⑧ 人文本 78 版此处有"。"。
⑨ 人文本 78 版此处有"，"。
⑩ 人文本 78 版此处有"，"。
⑪ 人文本 78 版此处有"。"。

树上的鸟叫了 ①

黄的叶子落了 ②

浅红的野菊花 ③

轻轻地散着香味 ④

呵，岩石

像一位学者

在多年的钻磨里 ⑤

忽然

望见真理 ⑥

如火焰

在闪灼着 ⑦

它底灵魂

温暖起来 ⑧

---

① 人文本 78 版此处有 "，"。
② 人文本 78 版此处有 "。"。
③ 人文本 78 版此处有 "，"。
④ 人文本 78 版此处有 "。"。
⑤ 人文本 78 版以上三行改作：
呵，岩石，
象一位学者，
在多年的钻磨里，
⑥ 人文本 78 版此处有 "，"。
⑦ 人文本 78 版此处有 "，"。
⑧ 人文本 78 版此处有 "。"。

它底头额①

耀起

　　紫的，微明的

　　愉快的光彩②

看！③

——那边：

大岭上

有无数人④

无数人⑤

无数人⑥

好似一群山鹰⑦

正在集结着⑧

集结得多紧

　——像铁的环子⑨

一个

---

① 人文本 78 版此处有"，"。
② 人文本 78 版此处有"。"；此节各行行首无缩进。
③ 人文本 78 版此行自成一节。
④ 人文本 78 版此处有"、"。
⑤ 人文本 78 版此处有"、"。
⑥ 人文本 78 版此处有"、"。
⑦ 人文本 78 版此处有"，"。
⑧ 人文本 78 版此处有"，"。
⑨ 人文本 78 版此行改作"——象铁的环子。"。

套起一个①

又围在一起②

他们

在喊：

　"准备！

　准备

　冲锋呀！"

他们在思索③

也在微笑④

望着山岭底下面⑤

和这高高的

山地底天空

——那辽阔的天空⑥

太阳将要

如金鸟⑦

---

① 人文本 78 版此处有","。
② 人文本 78 版此处有","。
③ 人文本 78 版此处有","。
④ 人文本 78 版此处有","。
⑤ 人文本 78 版此处有","。
⑥ 人文本 78 版此处有"。"。
⑦ 人文本 78 版此处有","。

从天空飞下 ①

和山谈话 ②

来慰问山呵 ③

看——

他们像鹰队在集结 ④

他们要打垮

　从人类以来所未有的

　一个荒谬透顶的大风暴……

他们

又喊：

　"我们

　准备冲！

　冲下去

　就胜利了……"

他也唱 ⑤

---

① 人文本78版此处有"，"。
② 人文本78版此处有"，"。
③ 人文本78版此处有"，"。
④ 人文本78版此行改作"他们象鹰队在集结，"。
⑤ 人文本78版此处有"，"。

他也喊 ①

呵，他不会唱 ②
他哪里会唱呢 ③
简直是嚷：
　　"嗨，哈
　　　哈，哈 ④" ⑤

他底呼吸
这么急 ⑥
连气也喘不过来 ⑦
但他，他挺起胸
同时
将手
老远地伸着 ⑧
他扶着荆棘 ⑨

---

① 人文本 78 版此处有"。"。
② 人文本 78 版此处有"，"。
③ 人文本 78 版此处有"？"。
④ 人文本 78 版此处有"！"。
⑤ 人文本 78 版以下一节与此节合为一节。
⑥ 人文本 78 版此处有"，"。
⑦ 人文本 78 版此处有"。"。
⑧ 人文本 78 版此处有"，"。
⑨ 人文本 78 版此处有"，"。

沿着山羊所啃过的路 ①

一直地 ②

决不回头地 ③

爬到岭上 ④

和兄弟们

握住手

——他也要成为一个山鹰！

1942 年 11 月 1 日午夜，作于晋察冀。

---

① 人文本 78 版此处有 "，"。
② 人文本 78 版此处有 "，"。
③ 人文本 78 版此处有 "，"。
④ 人文本 78 版此处有 "，"。

我底枪①

　　勇士们

　　永远笑着……

嗨！

这家伙②

他把枪挂到树上③

在搭着哨棚④

那枪膛里⑤

装着子弹⑥

而保险机⑦

---

① 此诗收入人文本54版、人文本63版、人文本78版。
② 人文本78版此处有"。"。
③ 人文本78版此处有"，"。
④ 人文本78版此处有"。"。
⑤ 人文本78版此处有"，"。
⑥ 人文本78版此处有"。"。
⑦ 人文本78版此处有"，"。

又没关好①

"呷……呷……"

空中的喜鹊②
飞了过去③

白杨树呢④
索索地
风吹过来⑤

"卡！"

不过两分钟⑥
枪就走了火⑦

他——李诚同志⑧

---

① 人文本78版此处有"。"。
② 人文本78版此处有","。
③ 人文本78版此处有"。"。
④ 人文本78版此处有","。
⑤ 人文本78版此处有"。"。
⑥ 人文本78版此处有","。
⑦ 人文本78版此处有"。"。
⑧ 人文本78版此处有","。

长工底儿子①

十九岁②

宽眼

大嘴唇③

好像是黄牛

莽里莽撞地④

——我底枪!

他取下树上的枪⑤

他两手发了僵⑥

我厌烦他⑦

我又爱他⑧

---

① 人文本78版此处有"。"。

② 人文本78版此处有","。

③ 人文本78版此处有"。"。

④ 人文本78版以上二行改作:

好象是黄牛,

莽里莽撞地。

⑤ 人文本78版此处有","。

⑥ 人文本78版此处有"。"。

⑦ 人文本78版此处有","。

⑧ 人文本78版此处有"。"。

——同志

　　冷吧①

——冷哩②

　　棉衣

　　丢在班里……

——来！

　　靠近些③

我欢喜说笑话④

一把搂住他⑤

——小李⑥

　　要是死的话⑦

———————————

① 人文本78版此处有"？"。
② 人文本78版此处有"。"。
③ 人文本78版此处有"。"。
④ 人文本78版此处有"，"。
⑤ 人文本78版此处有"。"。
⑥ 人文本78版此处有"，"。
⑦ 人文本78版此处有"，"。

咱两个也，也

搂在一起①

现在，他底下巴②

横摆在枪口上③

"喀乍……喀乍……"

呃，天越发黑

像一块黑布扯开④

喜鹊呀⑤

叫过去⑥

喜鹊呀⑦

又叫过来⑧

---

① 人文本 78 版此处有"。"。
② 人文本 78 版此处有"，"。
③ 人文本 78 版此处有"。"。
④ 人文本 78 版以上二行改作：
呃，天越发黑，
象一块兰布扯开。
⑤ 人文本 78 版此处有"，"。
⑥ 人文本 78 版此处有"。"。
⑦ 人文本 78 版此处有"，"。
⑧ 人文本 78 版此处有"。"。

哗，哗 ①

树林

闹响着 ②

他妈的 ③

暴雨

来啦 ④

好大颗的雨珠 ⑤

打在岩石上 ⑥

我们淋在雨里 ⑦

四面围着沙河 ⑧

他——小李 ⑨

---

① 人文本 78 版此处有 "，"。
② 人文本 78 版此处有 "。"。
③ 人文本 78 版此处有 "，"。
④ 人文本 78 版此处有 "。"。
⑤ 人文本 78 版此处有 "，"。
⑥ 人文本 78 版此处有 "。"。
⑦ 人文本 78 版此处有 "，"。
⑧ 人文本 78 版此处有 "。"。
⑨ 人文本 78 版此处有 "，"。

死死抱着枪 ①

哈，哈 ②
我笑了一笑 ③

怕吗 ④
我问他： ⑤

——小李
　　唱一个歌

——噢
　　唱不来

——同志
　　唱唱吧

我想讥刺他 ⑥

---

① 人文本78版此处有"。"。
② 人文本78版此处有"，"。
③ 人文本78版此处有"。"。
④ 人文本78版此处有"？"。
⑤ 人文本78版"："作"。"。
⑥ 人文本78版此处有"，"。

他老是害臊 ①

我呢，倒爱唱 ②
我也好胡说 ③

——我死
　　也要死在歌里

——老王
　　瞧你唱……

嗨！这家伙
也反攻我了 ④

这一下 ⑤
我吃了一惊 ⑥

山那边呵 ⑦

---

① 人文本 78 版此处有"。"。
② 人文本 78 版此处有"，"。
③ 人文本 78 版此处有"。"。
④ 人文本 78 版此处有"。"。
⑤ 人文本 78 版此处有"，"。
⑥ 人文本 78 版此处有"。"。
⑦ 人文本 78 版此处有"，"。

升起

一片白色的云 ①

天，比较着爽快 ②

有些红 ③

（和小李底脸相仿）④

小李——背靠着

那老白杨树 ⑤

枪呵横在肩上 ⑥

——冷吧

——不！

不冷了

怕冷

它老是冷

---

① 人文本 78 版此处有"。"。

② 人文本 78 版此处有"，"。

③ 人文本 78 版此处有"，"。

④ 人文本 78 版此行改作"和小李底脸相仿。"。

⑤ 人文本 78 版此处有"，"。

⑥ 人文本 78 版此处有"。"。

——冬天
　　快来啦

——来吧

——快下雪了

——下吧……

我有些闷①
哼了两句：

　"黑暗
　快要过去

　人要勇敢
　人要勇敢……"

　"卡！……卡！……"

————————

那小子 ①

该死

枪又走火啦？

不！

两发 ②

不！

三发 ③

——敌人来了！

他喊着喊着 ④

他爬上一个坡 ⑤

"哒，哒，哒……"

"卡！卡！……"

我要去找连长 ⑥

_____

① 人文本 78 版此处有 "，"。
② 人文本 78 版此处有 "。"。
③ 人文本 78 版此处有 "。"。
④ 人文本 78 版此处有 "，"。
⑤ 人文本 78 版此处有 "。"。
⑥ 人文本 78 版此处有 "，"。

我嘱咐他：

——阻止敌人前进！

"少放枪①
节省弹药②

等敌人近了③
你才打枪……"

主力一赶到④
小李快死了！

他仍然搂住枪⑤
枪筒上滴着血⑥

他底子弹带⑦
也在滴着血⑧

---

① 人文本 78 版此处有 "，"。
② 人文本 78 版此处有 "。"。
③ 人文本 78 版此处有 "，"。
④ 人文本 78 版此处有 "，"。
⑤ 人文本 78 版此处有 "，"。
⑥ 人文本 78 版此处有 "。"。
⑦ 人文本 78 版此处有 "，"。
⑧ 人文本 78 版此处有 "。"。

"子弹呵
我打尽了"

那小草，那岩石①
压上他底头骨②

——我底枪！

我底同志呵③
他还在喊哩④

我跑过去⑤
我抱住他⑥

他向我微笑⑦
一句话没说⑧

---

① 人文本78版此处有"，"。
② 人文本78版此处有"。"。
③ 人文本78版此处有"，"。
④ 人文本78版此处有"。"。
⑤ 人文本78版此处有"，"。
⑥ 人文本78版此处有"。"。
⑦ 人文本78版此处有"，"。
⑧ 人文本78版此处有"。"。

他是死了①

他是死了②

一支乌黑的枪③

握在他底手上④

黄昏：金色的阳光⑤

照着白杨树⑥

树林子呀

像座庙宇

——像洒上泥黄

像油上草绿⑦

---

① 人文本 78 版此处有 "，"。
② 人文本 78 版此处有 "。"。
③ 人文本 78 版此处有 "，"。
④ 人文本 78 版此处有 "。"。
⑤ 人文本 78 版此处有 "，"。
⑥ 人文本 78 版此处有 "。"。
⑦ 人文本 78 版以上二节四行改作：
树林子呀，
象一页画幅，

——象洒上泥黄，
象油上草绿。

在树林上 ①

鹰盘旋着 ②

天空呵 ③

轻轻地响 ④

我底眼睛湿啦 ⑤

我忍住泪水 ⑥

握起他底枪 ⑦

——我底枪！

他躺在山边

像牛啃着地 ⑧

宽大的头额 ⑨

① 人文本 78 版此处有 "，"。
② 人文本 78 版此处有 "。"。
③ 人文本 78 版此处有 "，"。
④ 人文本 78 版此处有 "。"。
⑤ 人文本 78 版此处有 "，"。
⑥ 人文本 78 版此处有 "，"。
⑦ 人文本 78 版此处有 "。"。
⑧ 人文本 78 版以上二行改作：
他躺在山边，
象牛啃着地。
⑨ 人文本 78 版此处有 "，"。

刻上了笑纹 ①

诗说——
　　"在今天：
　　更需要勇敢 ②

　　勇敢 ③
　　也更高贵！"

1942 年 10 月

---

① 人文本 78 版此处有"。"。
② 人文本 78 版此处有"。"。
③ 人文本 78 版此处有"！"。

叙诗 ①

田园呵

——我是属于你底

我一生

为你歌唱

为了你

我底青春

快消逝了 ②

为了你

我不怕死

我献给你

我底歌

直到我死

我底歌

---

① 此诗收入人文本 54 版、人文本 63 版、人文本 78 版。

② 人文本 78 版此行改作"永不消逝"。

并不美丽

我底歌

仿佛一堆泥

——我知道

只有你

你会① 需要它

我

常常站在山岭上

唱起

我底歌

或者

站在河边

唱起

我底歌

我唱给你听

我底田园呵

---

① 人文本 78 版"你会"作"也许"。

如果你——人民底田园

即使

被敌人夺去

被毁灭了……

而你

也不会

在我底歌里

失却……

今天

你是贫穷者

（我爱你

也因为你穷）

春天来了

在鲜红的桃花上

还染着

灰白的砂

苍蝇和老鼠

啃吃着你

无耻的谣言

污蔑着你……

然而

你将是幸福的田园

你将要

从敌人底骨骸上

建筑自己底塔

——这是劳动者底塔 ①

它将

刻着爱与笑 ②

刻着新的

更新的——田园之歌

战士底田园

微笑的田园

我预祝 ③ 你

---

① 人文本 78 版此行并入上一节。

② 人文本 78 版此行改作"刻着革命者"。

③ 人文本 78 版"预祝"作"予祝"。

奔上光荣前程

没有你呵
就没有我底歌

没有我底歌
你不会寂寞吗 ①

于是我
我为你日夜地唱着
我底歌
并不美丽
但愿你留下

但愿你呵
爱它
不嘲笑它

因为我底田园
在战争

---

① 人文本 78 版以上二行改作：
我把这支歌
献给你献给你

它每一分钟
都需要歌声

（诗人们：
无谓的口角
是违反
田园底纪律）

田园呵
我要为你歌唱
直到我死

请允许我
将来
躺在红岩石之下
永远伴着你

我
——一个田园新生的儿子
永远
和你一同活着

苓莪 ①

他底灵魂
金黄的灵魂

他小
他年轻

他生活在石头缝里
在荆棘里，在砂上

在那里
他不以为羞耻
倒觉得光荣

他仿佛用金片
铸成了骨节

---

① 此诗收入人文本 54 版、人文本 63 版、人文本 78 版。人文本 54 版、人文本 63 版、人文本 78 版此处有注释"北方底一种野花名。"。

亮得像 ①

天空上的星

他底光芒

永远，永远

祝福我们底山谷

他——苓蕚

大地之子

他——苓蕚

民众之子

如果中国不失却

如果他不堕落

明天

世界

会举起他吧 ②

---

① 人文本 78 版"像"作"象"。
② 人文本 63 版、人文本 78 版以上三行改作：
明天
他呀
是自由之花

马莱 ①

——追念一位年轻的诗工作者

谁说

我底田园

是单调的

我们也有紫色

这紫色的马莱花

他以紫的资格

直立在砂上

像 ② 知识分子

他文明

而又热情

---

① 此诗收入人文本 54 版、人文本 63 版、人文本 78 版。人文本 54 版、人文本 63 版、人文本 78 版此处有注释"北方底一种紫色的花名。"。

② 人文本 78 版"像"作"象"。

紫马莱呵

大地底友人

紫马莱呵

农民底友人

在早晨

那绸缎似的胸膛

拥着

火红的露珠

他似乎很骄傲

他似乎很骄傲

骄傲自己

已是山国底盟员

山国这么爱他

——爱他底智慧

爱他底歌

昨天

还有些农民

嫌他懦弱

嫌他骄奢

直到紫马莱

死于红的山岭之上

他底血液

滴到地里时

农民才伸手扶他

然而，马莱呵

农民还不会

像① 我这般爱你

请爱农民吧

这是农民底田园

你要爱他们

他们更爱你

① 人文本 78 版"像"作"象"。

蝴蝶 ①

看

白的蝴蝶

像② 剑

闪过去

不久

又闪回来

银铃一般

轻轻地响着

它，响在

麦地上

好像③ 为了麦底幸福

---

① 此诗收入人文本 54 版、人文本 63 版、人文本 78 版。

② 人文本 78 版"像"作"象"。

③ 人文本 78 版"像"作"象"。

它不倦地

闪耀在青苗上

我们

去追逐它吗

不啊，

它爱在那儿闪耀

它，它

爱春天

它也不怕

在这片田园上

滴下自己底血

而我们田园

新的法律

决定欢迎

——一切同路者 ①

---

① 人文本 78 版"同路者"作"革命者"。

伯父 ①

有一天傍晚
伯父在掘砂

他半露着
瘦的
胸膛
——胸上也染着黄砂

他那强悍的手上
还有一块红疤

他在掘砂
苍白的头
抬起
又低下

---

① 此诗收入人文本 54 版、人文本 63 版、人文本 78 版。

站在世界面前

不想说什么话

这位老军属

只是在掘砂

假使砂没了

哪怕死也好

砂还多哩 ①

他就不肯死

他等到今天

胡子白了

还在等待

——花开的日子

挥着他底手背

手背一上一下

他掘，他掘

又掘了一天

他，我们底伯父

---

① 人文本 78 版此行改作"因为有砂"。

还是有力的人

在这片砂地上

栽上了三棵

幼小的桃树

黄昏的时候

一只蜜蜂

嗡，嗡，嗡

在回旋着

回旋在一个

贫农底手上

他呵

我们底伯父

他呵

伸起了手——

亲爱的世界

一天又完啦 ①

---

① 人文本 78 版以上二行改作：

远望延河水

流向这里啦

野鸟底死 ①

有一天黄昏

  在田园上：②

农民们

瞄起

他底火枪

——枪响了

一只野鸟

从烟雾里

嗤地

坠下来

野鸟呵

躺在河滩上

---

① 此诗收入人文本54版、人文本63版、人文本78版。

② 人文本78版此行与上一行行首对齐。

羽毛上

滴着鲜血

灰色的小眼

像^① 含着悲哀

人们围着它

它——这该死的鸟^②

人们，人们

不是替它唱挽歌

而是要庆贺

射击底收获

诗人说：

　　"中国底田园

　　爱的是射手

　　不是死的鸟"

---

① 人文本 78 版"像"作"象"。

② 人文本 78 版以上二节八行合为一节。

山谷，夜 ①

一只水鸭飞起

"嘎——嘎"

"嘎——嘎"

它底② 回声

扑打着河水

从河水上

消退——消退

它不想惊动

山中的主人

山中的主人

——铁的子弟兵

正在沉思

---

① 此诗收入人文本 54 版、人文本 63 版、人文本 78 版。
② 人文本 78 版"底"作"的"。

他们住的是
新修的草舍
头下枕着枪支
时刻准备作战

巨大的山崖
也正在沉思
他底眼瞳
还没有关闭

一个巨大的梦
不过才开始……

棕红的岩石
在月光下
也是灿烂的
也是光亮的

蓝① 色的烟雾
静静地流着

———————

① 人文本 78 版"蓝"作"兰"。

河湾底野花
散出了香味

呵！这不像 ① 是黑夜
这儿似乎没有夜

我们说：
"在战士底身边
黑暗呵
正在溃退

光明的景象
永在战士身边"

---

① 人文本 78 版"像"作"象"。

山鹰 ①

——史诗底名字

第一章　鹰及其家乡

这是你

所敬爱的家乡

虽然你

你恨过他

——你曾经像一个酒徒

喝饱了烧酒

红着你底脸

---

① 此诗收入人文本 54 版、人文本 63 版、人文本 78 版。第二章《鹰——在战场上》及第三章《鹰底歌》，因原稿遗失，暂付阙如。

侮骂你底家乡 ①

但你还是爱他呵
你——田园底勇士！

第四章　当太阳照着鹰

太阳
照着鹰

鹰呵
光亮地

鹰呵
锵锵 ② 地

他站得比山岭更高
他渴望

---

① 人文本 78 版以上二节四行改作：
花儿开的少
春天来的迟

红着你底脸
展开那金翅
② 人文本 78 版"锵锵"作"铿锵"。

获得太阳

——那古铜色的翅膀
闪着山谷底理想

他
在太阳里
更辉煌了

辉煌着
像 ① 一个铜像
静静地
伏在
大岩石之上

勇敢
而敏捷
宽阔
又高大

鹰呵
望着太阳

---

① 人文本78版"像"作"象"。

第五章　我们为鹰而写的话

一

呵
田园底勇士

你底名誉
超过了山谷

你底光荣
也比它宽广

但，你不要忘记
你——山谷之子
你将因山谷底永生
而永生呵……

二

鹰呵
——遵守田园底纪律

三

鹰呵
——跟众人一起

四

鹰呵
你不能沉醉

你不能眷恋
在花果底芬芳里

——为了你
不失去顽强
不失去
"鹰"底名义

五

敌人

即使

死亡了

——从血上争得的世界

还要开拓

鹰呵

作永远的开拓者

六

鹰底道路

一直通到天边

七

起飞吧

鹰呵

——这是你底义务：

在今天

必须

要战胜敌人

1942 年春天作

她底歌 ①

一

在旷野上——

有一个女人

好似一把火

从大地上升

不，不呵

她不是火呵

她是勇敢的

北方底少妇

她哭泣

她叫喊

举着一把刀

她直奔向前

她奔向强盗

---

① 此诗原题《她也要杀人》，为"七月文丛"之一，1938年5月出版；又刊于《诗创作》1942年第11期；香港海燕书店1949年再版发行；后收入人文本54版、人文本63版、人文本78版。因人文本54版较之前版本改动较大，此处以人文本54版为底本，以人文本63版、人文本78版汇校。

她扑着火焰：

"噢……

　噢……

　噢……
　是谁杀了
　我底儿？

　我底儿
　　是谁杀了？

　我……
　我……
　我要说明白！

　我底儿
　　是谁杀了？

　是谁杀了
　我底儿？

　………………"

她呵——她呵
名字叫白娘

她大哭着
她也狂笑

她大哭着
她又呼嚎

那散开的头发
像① 是一堆火焰

头发上披着火
嘴唇上咬着血

站在火光中
她对人们说：

　　"在我住的
　　　村落，

---

① 人文本 78 版 "像" 作 "象"。

来了

一批强盗；

强盗，强盗

一进门

就把我抱住 ①

拿枪托打我哟

他们还要

用刀尖

拦住我

不让我跑

接着，接着

好几个杂种

撞进门来

又把我压倒 ②

…………③

就在那时候

---

① 人文本 78 版此行改作"就是来杀我"。
② 人文本 78 版"压倒"作"麦倒"。
③ 人文本 78 版删去此行。

我底心呵

撕成一片片

像①火一样烧！”

看呵

旷野底

夜

红得像②火

看呵

旷野底

路

满是血迹

看呵

她——一个女人

踏着血

奔向前

披着火

奔向前

举着那刀子

她对强盗说：

---

① 人文本 78 版"像"作"象"。

② 人文本 78 版"像"作"象"。

"我不
不呀！　①

我不准
你们……

你们，
强盗！

我不，
不呀！

滚开，
不要脸
——到外面去。

到外面去，
畜生！
灾星！

撒——手，

---

① 人文本 78 版以上二行改作：
"你、你
强盗！

滚——开。

呵外……

呵外……"①

她呵，她呵，

敞开了——

灰白的

布衫

污红的

腰带

——赤起了

脚掌

突起了

眼珠

铁似的手指

有时揉一揉

_____

① 人文本78版以上五节十二行改作：

扼死　　　　　畜生！
你们！　　　　灾星！

滚开，　　　　我——我，
洋狗子　　　　也有刀子。
不得好死。
　　　　　　　我——我，
不得好死　　　也有刀子！"

受了伤的

乳房

挂着血的

胸口

她底灵魂呵

如同是旷野

她底心呵

如同是黄河

她是受尽了

鞭挞和屈辱

在枪火中

抬起她底头

在枪火中

大声地喊叫

她呵，奔到

大平原上

她呵，奔到

黄河旁边

她呵

要找一条大路

她底问题

——是死呢，是活呢？

要找到一个答案！

她底问题

——死了的人，

能复活吗？

要找到一个答案！

二

她底问题呵

谁能够回答

风吗？

——不行！

天吗？

——不行！

神吗？

——不行！

山吗？

——不行！

河吗？

——不行！

她呀看见了

这黄河两岸

在炮声中

在硝烟里

村里庄稼汉

背起了土枪

一个

接着一个

一面大旗

在领着头

迈开了大步

走上了大路

但是呵

她底路呢?

在五月的

夜间

在五月的

旷野

她底路

她，她

——看到了吗?

　　　　呵！白娘，

　　　　往哪里去?

　　　　　　田间

她呵，白娘
她也在
用血淋淋的手
指着这旷野
她喊着旷野
——旷野
　　　站起来

——你是这样大
　　　活了多少年
　　　并没有死过
　　　你还得活下去
　　　我把你养着
　　　你便跟我走

她底头发上
披着的火焰
此刻呵
照亮了旷野
她死了儿子
她还有儿子

旷野，旷野
是她底儿子

森林，森林
是她底儿子

黄河，黄河
是她底儿子

天空，天空
是她底儿子

她——一个女人
这强壮的少妇
来到了河岸
站在河岸上
她要投河吗
——她不
退到河那边吗
——她也不
她底问题呢
自己回答了
她底路呢

已经看到了

血滴在哪儿

哪儿是她底路

刀子在哪儿

哪儿是她底路

尖声的喊叫

震撼了大地

赤红的脚趾

把泥土踢起：

"滚开——砂土，

滚开——石头。

火呵——停住，

风呵——停住。

我也有刀子，

我也要去杀人！"

三

她杀过人吗

——没有

——没有

知道她的人

都敢指天为誓

都说她底心

是善良的心

即使是

——一只蚂蚁

她也没有故意

将它踏死过

倘若

——有一条牛

或者一匹马

被她底邻居

鞭挞得太苦

她也会跑过去

向主人抗议：

"放下你底鞭子！"

倘若

——有一个幼儿

被搁弃

在路上

她更要把他抱起

揩干他底眼泪

给他以奶汁

给他以安慰

但是此刻呵

此刻

她也要杀人！

强盗要杀她

难道不自卫

也许有人疑问

她为何哭泣

这是她

要告诉人类

我们底泪水

宁肯洒在地上

不要丢在火里

宁肯染在刀上

不要滴在刀下

洒在地上的

终久要开花

丢在火里的

它就

死啦，死啦

屈服和反抗

这是两条路

勇敢者

——白娘

美丽的女人

——白娘

她选择了

——一条反抗的路

四

在她底眼前

时时她看见

——强盗

——强盗

日本底强盗

在火烧中国

她亲眼看到

她底家烧了

她底泥壁呵
她底木窗呵

她底驴圈呵
她底院子呵
还有
从山地和野外
拾起的
棉花
掘来的
山药
摘下的
红枣……
这一切一切
已成了荒郊

当凶恶的大火
熊熊地燃烧时，
她冲进火海
要把火焰拉开
火呵
火呵
野兽似的

向她扑来

那乌黑的头发

顿时一片火红

待她醒过来

又复活过来

站在废墟上

两手直摇，大叫：

——我底家

　　我底儿？

待她醒过来

又复活过来

她从

废墟上

抓起

一把刀

火呵，大火呵

烧了她底家

火呵，大火呵

烧不了这刀

世界——看吧

人们——看吧

在一片废墟上

还有一把刀

从一片废墟上

她举起她底刀

穿过河滩

穿过枣树林

爬过岩石

登上山坡

高举她底刀

挥起她底刀——

　　"我底儿

　　你死了

　　你快对我讲

　　你快对我说。

　　他在废墟上

　　对我这么说

　　他还在活着

　　他是一把刀

　　我儿底名字

叫做一把刀！"

五

有的人记得

白娘底故事

当她醒的时候

从大火里跳起

突出的眼珠

眼珠上喷着火

乌黑的头发

也变成了火焰

这时呵

北方的中国

是大火盖地

这时呵

北方的村庄

是大火冲天

她喊着

——刀呵

她叫着

——刀呵

爬过了岩石
攀上了山坡

她——一个女人
坐在山坡上
坐在古老的
坟墓底旁边 ①
猛然把她底刀
放到肩膀上 ②
但是顷刻间
又把刀放下了 ③
直起她底腰
挥起她底刀：

——死吗
我能这么死

——我已经死了

---

① 人文本 78 版此行改作"松树底旁边"。
② 人文本 78 版此行改作"插到那树上"。
③ 人文本 78 版此行改作"又把刀抽下了"。

我又复活了

——死吗

一个人要死

还怕什么

——死吗

一个人要死

还怕什么 ①

她不怕死了 ②

又把刀扬起

要把山石劈开

---

① 人文本 78 版以上四节十行改作：
——发疯了
还是昏迷了

我是昏迷了
看不清路了

——奔啦
一个人有刀
还怕什么

——奔啦
一个人有刀
还怕什么
② 人文本 78 版此行改作"她已经清醒"。

要把树木举起

走上那山峰

翻过了那山岭

奔到旷野上

奔到黄河边

她直奔向前

招呼着人类：

　　"你们来呀……

　　你们来呀……

　　来，来，

　　来到这里

　　跟着我底刀

　　一起去

　　呵……

　　呵……

　　你们

　　你们

　　聋了吗

　　你们

瞎了吗

你们
难道是怕吗
不，我看见
你们是来了

你们来呀……
你们来呀……

大家来
来抓
那杀人犯
那凶手

那杀人犯
那凶手
他们不是
也在杀害你们吗

我……我……
亲眼看见了
他们在那条路上

走着，走着

枪口对准
你们啦
刀锋逼向
你们啦

呵，呵
你们

你们，你们
都到这里来
来呀，来呀

你们来呀
你们来呀

——跟我一起去！"

六

勇敢者
——白娘

强壮的女人

——白娘

她满手上

是鲜血

鲜血洗着

她底刀

刀呵

贴着她底胸脯

擦得发响

磨得发亮：

"刀呵！

刀呵！"

她祷告那刀子

成功，一定成功

她要她底敌人

跪在她底刀下：

"强盗！

强盗！

嘿，嘿

你要杀我
你以为我
死了吗①

强盗！
强盗！

我喊了
我呵
我就在这边

我什么
也不怕

你以为我
不能杀人吗
不敢杀人吗

强盗！

———————————

① 人文本 78 版此行改作"逃了吗"。

强盗！

刀，在我底手上
我决不
决不饶了你

瞧——
我也是人
我也有刀！"

七

"噢……
噢……

噢……
敌人杀了
我底儿

我底儿
敌人杀了

我……

我……

我要杀他

    我底儿

    敌人杀了

    敌人杀了

    我底儿。"①

摇天的风砂

骨碌而来

摇天的风砂

呼啸而来

一颗又一颗

排接起来

像②是一根根

穿天的铁链

布满了大地

掀动了旷野

它跨着大步

走了过去

---

① 人文本 78 版以上二节行首无缩进。
② 人文本 78 版"像"作"象"。

不久，不久

它又回过头

滚成了漩涡

好像① 一把锁

把大地锁住

把旷野锁住

——在旷野上

有一个女人

是她在飞奔

是她在喊叫

那赤红的马

迎着她底脸

叮，叮，叮②

当，当，当

摇着它底鬃毛

拉着一挂车

一群小伙子

架着这挂车

提起那马缰

吆喝着向前

叭，叭，——

叭，叭，……

它好像^①是铁屑

又好像^②是铜片

破开了大风砂

在半空中响着

——呸，好马

　　奔呵

——呸，好马

　　飞呵

——要是你渴了

　　咱们有河水

——要是你饥了

　　咱们有谷穗

---

① 人文本 78 版"像"作"象"。
② 人文本 78 版"像"作"象"。

——水是黄河水

　　比蜜还要甜

——咱们种的谷穗

　　比金子还要贵

这时已过半夜

天也要快亮了

风砂也落了

铜铃特别响

雄伟的黄河上

月亮多么明亮

咱们底小伙子

——游击队员

咱们底姐姐

——白娘

咱们底好车

咱们底好马

它们底影子

也照在黄河上

白娘底影子

停在黄河边

像 ① 一棵铁树

栽在黄河边

眼睛是亮的

泪水也是亮的

那圆圆的脸

比星星还要美

为何她这样美

因为她呵

从小到大

吃的是黄河水

车上的铜铃

叮叮 ② 地直响

这时

她底影子

也在黄河上

亮了一亮：

——老乡

　　你们上哪儿

---

① 人文本78版"像"作"象"。
② 人文本78版"叮叮"作"丁丁"。

  ——不上哪儿

  ——你们上哪儿

  ——黄河在哪儿
   我们上哪儿

  ——我们上战场
   战场在黄河

数不清的战士

走过她底身边

一挂车过去

又来一挂车

叮叮叮 ①

当当当

叮，叮，叮 ②

当，当，当……

车上的火把

火把连着火把

步枪接着步枪

---

① 人文本 78 版"叮叮叮"作"丁丁丁"。
② 人文本 78 版"叮，叮，叮"作"丁，丁，丁"。

咱们底队伍
像① 黄河一样长
不呵
它比黄河更长

她——一个女人
立在黄河边

迎着那铃声
走进了人群

——往前，往前
大路在这边

——为了大家
一同去作战

车上的铜铃
叮叮 ②——当当
急骤的铃声
响在黄河上

①人文本78版"像"作"象"。
②人文本78版"叮叮"作"丁丁"。

火把的光芒
是一片红旺
金红的火把
照在黄河上

——伙计们，你们看
那是个什么人

——咱们看见了
那是一个女人

——你们问清楚
那是什么女人

她名字叫啥
她住在哪儿

——她名叫白娘
家住在这黄河

这个女人是
黄河底乳娘

——欢迎她来呀

把黄河背在身上

——欢迎她来呀

给她一枝① 枪

——头发烧枯了

麦穗做她底头发

——衣裳烧烂了

野花做她底衣裳

——揩干她底血

磨亮她底刀

河水干不了

她也死不了

河水干了

她也要活着

她叫着：

---

① 人文本 78 版 "枝" 作 "支"。

"我底家"

她喊着：

"我底儿"

她底歌是奔流的浪涛

她底歌在呼啸①，在叫嚣

八

旷野上的

黎明

正在迎接她

旷野上的

大路

正在迎接她

旷野上的

旗子

正在迎接她

旷野上的

铜铃

正在迎接她

---

① 人文本78版"呼啸"作"呼嚎"。

旷野上的

兄弟

正在迎接她

旷野上的

火把

正在迎接她

　"白娘

　你果然来

　加入

　咱们这一伙吗

　好极了

　好极了

　你奔上一条

　光亮的路

　白娘

　反侵略的火

　正在这边

　扩大又扩大

　你来

烧火吧

你来

烧火吧

这火呀

是我们点的

要烧掉敌人

击败野心家

就用这火

我们去

要扑灭

敌人底火

你来了

火底烈焰呵

将更活跃

将更广阔

白娘

白娘

对火发誓吧

保卫家乡！"

勇敢者

——白娘

强壮的女人

——白娘

她叫着：

"我底村子！"

她喊着：

"我底儿子！"

那明亮的眼

亮得像 ① 火把

它扑着野狼

它扑着黄砂

窥视着前方

守望她底家

穿过满山的烟雾

穿过满野的风砂

她又看见了

---

① 人文本 78 版 "像" 作 "象"。

那一片废墟上

方形的木窗

烧成了烟雾

蓝① 布的头巾

烧成了泥土

强盗底火呵

火呵，大火呵

哔哔剥剥地

还在爆响着

猖狂的东西

可恶的东西

想吞食她门前

那年轻的枣树

她看见这枣树

对她招着手

她听见她底儿子

仿佛在说梦话：

　　"妈妈

　　回来吧

　　妈妈

_____

① 人文本 78 版 "蓝" 作 "兰"。

回来吧

你往哪里走

可别丢下我……"

她呵——白娘

奔着——奔着

殷红的血珠

从手指上滚下

它如同是

一粒粒火花

从地上滚起

它如同是

一阵阵枪声

从地上响起

当她底刀

举在手上

手上一根根的筋

凸了出来

——一条

一条，一条

"哼……哼……

哈……哈……"

她大哭着

她又大笑

一只手举着火

一只手举着刀

——呵，黄河站起来了

扑向世界

扑向强盗们

她狂奔

她大叫：

"——我要去杀人！"

在她底前面

前面的黑暗

被她底刀

猛然劈开

被她底血

闪亮——闪亮

在她底前面

——中国底森林，高山，大河

　　和人民底田野，村庄

已经披起了
战斗的武装！

插话

呵
不要说
她是疯子
疯的人
不是她

呵
不要说
她去杀人
既是有人
来杀我们
我们就不得
不杀人

更不要说
她是死了
倘若
她死了

我们要接着

拿自己底血

擦亮她底刀

擦亮那刀子

　　——刀子不死

　　　　人民不死……

　　　　　　　1938 年 5 月 31 日，二次稿于西安。

　　　　　　　1954 年 2 月 18 日，修订于北京。

柏树 ①

序诗

老头子呵

你和柏树差不多

虽说你一生

没开过红花

但是你长青

你在暴风雨里

让那青的果子

勇敢地成熟

——成熟了

像青铜的钟

当当响在山谷！ ②

---

① 此诗节选本曾刊载于《蚂蚁小集之四》1948 年 11 月，后收入人文本 54 版、人文本 63 版。
② 人文本 63 版以上十一行作：

老头子呵，　　　　让那青的果子，

你和柏树差不多。　勇敢地成熟，

虽说你一生，　　　——成熟了！

没开过红花；　　　像青铜的钟，

但是你长青，　　　当当响在山谷。

你在暴风雨里，

——司法科长周智墓铭

第一章

傍晚呵，阳光

正照在柏树上

柏树之上

像撒了金末

这一棵柏树

你看有多高

它底枝叶

高过屋顶

像一只青鸟

伏在屋顶上

睁起眼

望着山谷……

我说：

"这棵柏树

该值钱哩"

他说：
"不值钱

值钱
我还穷"

我说：
"值钱
你也穷

这年头
什么不算穷呢

勇敢呵
不算穷

正义呵
不算穷

敌人
占了一个北平城
他也穷"

正如柏树

迎着阳光

周智：

苍白的头额

好像银片

波动了几下

他站在柏树边

迎着阳光微笑

他说：

"我退了伍

师长会骂我

骂我不识货

文书也不做"

我说：

"他会原谅你

你今年六十

你比这柏树

年龄还要高

你栽这柏树

也不过三十年"

看来他还壮

他正像

这青的柏树

枝叶还茂盛

他脱下了蓝袄

戴上黑边眼镜

抱着一捆麻秸

坐到石阶上

"劈，啪……

劈啪，……"

又像风

吹起叶子

"唑——唑"

第二章

"添酒来呀
　大嫂子呢"

他提着铜壶
眼花花地
给我倒酒
又喊老婆添酒

我们两个人
坐在那柏树下
笑着喝着酒
话谈得很欢

　他说：
　"再干一杯
　别嫌酒不好
　酒不好人好
　友谊比铁还牢"

　我说：

"祝你六十岁
我多喝了一杯

你底柏树好
我再喝一杯"

老人摘下眼镜
身子弓向桌边
眼睛湿漉漉地
笑了一笑

酒珠朗朗地
嵌在胡髭上

笑纹深深地
印在头额上

他说：
"你瞧
这院子不小
那个角落上
还有一棵槐树

我想把它砍掉
种几棵花椒"

我说：
"你是平地人
倒爱山里货

难道平原上
没有好花好树"

这时他底眼睛
好比蓝的天空
突然扯起闪电
一片污白

他伸出手来
倔强的手指
颤栗地
朝远方指着——

他说：
"你瞧
那边

有炮楼
有强盗

你想
我们平原上
还有啥好"

听了他底话
知道他底心
在他底
身上，心上
深深地埋着
一大堆苦恼

——好比一条小河
在流来流去

只要风一吹
就长起浪潮

我不和他谈时局
且问他收成如何

我问：

"玉茭和麻

收成好吗"

他说：

"我想着种地

地又种不好

我很懊悔自己

多读了几年书"

他戴上眼镜

手扶着铜壶

他把铜壶

轻轻推了一推

像一个赶路人

走在沙滩上

望见了岔路

他怀疑他思索

——他该往哪儿走

夜凉酒也凉

青石板上

稀薄的油水

像一层薄冰

铺在河上

结在河上

柏树底叶子

有点苍黄

虽说是这样

还是像青铜

风吹起来

骨头硬朗朗

大嫂子今年

有四十多岁

长得也结实

长得也俊秀

她一身穿的是

灰白的褂裤

捧着白磁碗

端来两碗瓜汤：

"王县长呀

咱们这儿

吃不上好东西"

"有菜又有酒

这还不好"

我们站起来

一股酒味

扑着满院子

古老的院子

像在酒中

抬起头来……

第三章

"劈啪……劈啪……"

这天一早

他在廊檐下

来回走着

边走边剥麻

淡绿的麻
搭在窗格上
那窗格呀
又高又大

窗上的玻璃
晃起阳光
好像一面镜子
照着老人

白的雀子屎
染着门槛
虽说是打扫过
还留下白斑

那门的顶头
挂着朱红匾
匾上的朱红
早被风雨吹淡

这院子很大
那棵柏树
我说的柏树

是栽在墙边

早上的太阳
照着院子
好像一种理想
在争取周智

他站在阳光下
那干枯的手
轻轻，轻轻地
抚着向日葵

金的向日葵
金的花朵
和柏树并排
像是一对伴侣

九月：风吹着
看，右边
那一棵槐树
叶子正在凋落

我望了一望

这古老的院子

有一半生气

也有一半荒凉

我笑着问：

"田园将芜

胡不归……

老人也答：

"归来了"

我追着问：

"周理呢"

老人脸一沉：

"他要回来了

我就往外走

他在家里死

我到外面去死"

提起这些话

倒是悲剧哩

阳光忽闪闪地

沉到青草上

草也凄咽

草上是白焰

绿的大麻子

那绿的叶丛

嗡嗡飞出来

一只大的黄蜂

"嗡嗡……嗡嗡……"

老人摘下眼镜

他揩了揩眼睛

随着举起手

扑打，扑打黄蜂

第四章

一只黄雀

落到柏树上

赤红的羽毛

紫色的脚爪

黄雀，黄雀
落到柏树上
好像落到
一个老人肩上

她歌唱：
"柏树呵！"

周智，这老人
出了一身冷汗
高大的腰杆
也摇了一摇

这是第一次
黄雀飞来
他心想：
——有点儿怪

他皱起眉毛
他抹抹胡髭
他很惊异

他喝着黄雀：

　　"嘘……嘘……"

黄雀，黄雀呵，
好似一枝金箭
望空中射去
陡的一声飞去

他又走向瓜架
理了理黄瓜
他又弯下腰
理了理大葱
——菜园要大些
　　大一些多好

老人呵
敞开蓝棉袄
蓝的小袄上
披着斑斑泥土

他——周智
像一位农学家

坐到石台上
观望农产品：

　　"我们也许
　　比农民还要强"

第五章

这是十月天
大嫂子
往地里走

地里的棉花
一片片白
棉花像星星
织在旷野上
她往地里走
她去摘棉花

风里，地里
响着，响着
她白的灵魂

风里，地里
飘着，飘着
她白的褂裤

大嫂子呵
瘦小的脸
很白，很白

她好比一朵
白的野花
开在旷野上
白格生生：

　　"狗强盗
　　你要来杀人
　　你又要钻来
　　抢棉花嘛"

她像伸着手
拦住敌人的刀
像在那刀下
她摘着棉花

"野种们……"

她摘棉花
快得很
一只小手
满满一把

瞧吧，瞧吧
争夺旷野吧

天空像一幅战争画
高挂在旷野之上

它有时是红
它有时是白
现在呢？你看
天空正在沉思

"格隆……格隆……"

棕色的骡儿
拉着大车

格隆隆跑过旷野

瞧吧：男人们

女人们

把自己底棉花

赶快往回拉

今天呵

在旷野上

有两回事：

——战斗和收获

不能战斗

就不能收获

不能收获

也不能战斗

　"快嘛！

　快嘛！

　我们呵

　还要夺取时间"

记住！最好

把泥土也收回去

不要丢在外头

敌人连泥土

他也要抢的

敌人连泥土

他也要杀的

　　"野种们……"

大嫂子

跌在地里

大嫂子

手指上

挂着血

在旷野上

枪又响了……

第六章

周智这个人
很爱他底家
古老的院子
还有几枝花

闲来没有事情
独自徘徊
在那花枝边
在那廊檐下

在那花枝旁边
他踱着方步
脸上的微笑
滴到花蕊上

与其是说他
喜欢枪和刀
倒不如说他
更喜欢这种生活

——说他喜欢吗

他又不全是

在他底心上

有一个矛盾

——说他喜欢吗

他又不尽如此

有时很激昂

像烈火一般燃烧

有时他朗诵

铿锵的诗句：

"健儿须快马

快马须健儿"

——说他不喜欢

他这样的生活

别人也不信

你看——他底手：

他正在抚着

那一丛白的花

他想摘一枝

手颤了一次

老人
要编
花环了……

大嫂子走出来
已经跨出门槛
突然地
她侧过脸来

老人，老人
他也侧着脸

大嫂子问：
"不用剪子"

老人答：
"用不着了"

第七章

秋天天气好

天空明朗朗

空中的云彩
像一匹白马
在平原上
姗姗地奔着

院里的向日葵
像金制的灯
灯火长明
照耀着人们

院里的柏树
像一只青鸟
轻轻地歌唱
召唤着人们

天气也真好
老人呵
又摘下眼镜
卷起了袖口
从裤腰带上
抽出大板斧

"咚……咚……"

他下了决心
砍那槐树了
砍了槐树
再来种花椒

瞧：他仰着脸
像一个石像
呆呆望着
这棵老的槐树：

　"别人没有砍你
　我倒来砍你

　不砍下你
　新的门修不起

　不砍下你
　你和柏树不配

　你——这个鬼

　　你是该死了"

他爱这院子
他爱他底家
换一句话
他爱这土地
他爱这土地
有如爱他自己

像一位画师
他心上在计划
想用淡红色
涂他底田园画

老人呵
含着微笑
修理修理
他底院子……

后来他死了
人们争论他——
周智老顽固
只懂得爱花

但也有人说

他也爱祖国

第八章

月明之夜

周智在廊檐下

望着天

诵着《相见欢》

院子里

蟋蟀叫

叶子落

院子里

也静寂

也烦躁

他像一个兵士

守着他底岗哨

这时他想到——

"改造自己呵
奔进革命浪潮

人要爱革命
像爱那
春天的红花

在血与火之中
即便是死
死在战场上
比死在家里好

为祖国而死
他底骨头
还会发出红光"

他又像个隐士
徘徊在廊檐下
忽然他又想到——

"我要去革命
已经年老了

不用说打仗

　枪都不会握"

秋天的月亮

仿佛一张弓

高挂在柏树上

"无言独上西楼

月如钩……"

老人再一次

高高朗吟着

一只白灯蛾

扑熄了油灯

窗子里面

是一片黑糊

窗子外面

是一片明净

"怪哩！"

当他恍惚中

好像又看见

一个白的影子

站在他底门口

他立刻站住
有如冰柱
凝立在屋里

周智就是这样
他常常说：
"有个白影子
常常跟着我"

第九章

周理往家走
手拄着拐棍
一拐一拐
晃到家门口

他穿的棉裤
印着大血斑
他戴的绒帽
积滞着血花

他刚一进屋
就倒在门槛上

"我不该回来
死在外头好"

周智像一把刀
他冷冰冰地
望着他二弟
他要杀了他：

"你这个汉奸
也认得家吗

你底家
在敌人刀下……"

周理昏了半天
才把眼睁开
他刚站起来
但又倒了下去

"我……我……

我认得家了

我也要买把刀
去杀日本强盗"

这是个雪夜
大雪纷飞
十二月的雪
像镀了银的箭
嗖，嗖，嗖地
落在大平原上

老人底心上
痛得很厉害
他情愿去死
他不情愿去活

他掉过脸来
像大风中
船帆一侧
望了望周理

他挺起胸膛

迈了几步

手在发抖

扶了扶眼镜

"好——？

你回来了

该我走了"

这时周理呀

伏到门槛上

实在想不到

周理他哭了

他喊着周智

请他不要走

他向门外

招着手

大哭着喊：

"周智……周智……"

他底手

僵在雪里

雪也僵了……

第十章

像一片铜

扔到

炭炉里

或者

像一片纸

掷进火盆

——老人呵

　　飘进大风雪

这是深夜

雪像刀

割着旷野

大的雪

在落着

老人，老人
大喊了一声：

"人呀……"

这一声喊叫
像猎人底枪声
射上天空
鸟都惊散了
——雪也吼着

他踉踉跄跄
跌进雪槽

他扑打扑打
又挣扎起来

老人，老人
他又大喊：

"人呀……"

大雪在落着

满天是雪

满地是雪

雪把老人淹住

雪把老人埋起

在雪的旷野上

老人躺了下来……

第十一章

我说：

"再干一杯

这酒好"

老人说：

"酒虽好

也不敢多喝"

老人到县里来

当了司法科长

他很自重

如他自己所说：
　"树要培养的
　人要锻炼的"

老朋友见了面
我们面对着面
坐在葡萄架下
酒杯碰着酒杯

这时葡萄架上
绿绿的葡萄
坠到人底脸上
它像是在说：
　"战斗的人们
　青春是你们底"

老人摘下眼镜
擦了一擦镜片
他仰起头额
探望着葡萄架：

　　"农民干的事
　　这好的葡萄

也不撑一撑

架子也太大
有点俗气"

我向他笑了笑
我并不想辩白
在笑声中
一颗熟的葡萄
像绿的宝石
嗒地滚下……

走到司法科
太阳刚落山

我看见门外
有一群囚犯

于是我问了：
"李子柱那汉奸
杀了没有呢
怎么还不快杀"

他回答我：

"要杀李子柱

证据还要多"

我又说：

"证件都有

还不算是证据

一县人底控诉

还不算是证据"

但是他又说：

"再等一等吧

也许他能回头

他能一辈子

甘当卖国贼"

第十二章

这是中秋节

晚上要开晚会

山里来的小鬼

采了些黄菊花

花举在手上
像是一束铜铃

小鬼叫着我：
"王县长开会了"

小鬼叫着他：
"周科长开会了"

老人抱起小鬼
迈着大步
走进了会场
嘿，会场好排场

黄线毯子
铺在桌子上

黄线毯子上
摆着蓝的磁瓶

这蓝的磁瓶
插着黄的菊花

那白的磁盆

盛着绿的葡萄

那红漆的木盘

又堆满了核桃

笛子，锣，大鼓

都冒起了金光

　　"咚！——咚！"

老人，老人

击了两下鼓

参加会的同志

也在咚咚地笑

铜锣——响了

笛子——响了

　　"唱呀……唱呀……"

　　"老周唱呵

　　　唱一段词儿"

老人，老人
老人摆着手：

"你们年轻人
唱个新曲子吧

我这是老调门
怎能拿出手"

众人说：
"不呵
老调门也要

老调门也要
旧的要改造"

"哈，哈，哈……
哈，哈，哈……"

像一尊石像
他忽然笑了
不，像一朵蔷薇

他忽然开了

不，像一棵柏树

他忽然颤动——

听呵，老头子

抖起了嗓子

大喝了一声：

　　"大江东去……"

笛子——像鸽子

在雾中飞起

铜锣——像山鹰

在大风砂中呼啸

大鼓——像赤马

在暴风雨中奔走

磁瓶上的菊花

花呵——哑哑地响

　　"哈……哈……"

夜呵，战争的夜

伴着欢笑前进

人民，人民呵

在苦难的反抗中

心上需要恨

心上也需要爱

不管多么艰苦

我们总是乐观

不管多么困难

我们都在欢笑

我们握的刀

它不叫——"残暴"

我们握的刀

它就叫做——"欢笑"

第十三章

周理这人呢

正如那棵槐树

一到秋天

狂风一吹

树上的叶子

就簌簌地落下

污白的头巾
包扎在头上
这一块头巾
满满是血花

"你们——杂种们
骗了我底心

反说我'通匪'
又要害我底命

好！我要杀你们
我要悔过自新

你们是鬼子
你们——杂种们"

他细小的眼
眨了一眨
好比两扇门
被风吹了吹
开了一下

又呀呀关闭

他——像深山中
那年老的强盗
正关起小门
预备要做忏悔

这座老院子
像一座墓陵
墓陵的四面
长满了黄草
比那黄色的画
还要静寂

这是太静了
静得可怕呵

周理：这时呵
我们与其说
他还在梦境
就不如说他
站在法庭上
等候宣判死刑

他有时像在笑

有时又像在哭

又像一个魔鬼

伸着手喊："钱！钱！"

最后他底眼睛

突然地张开

红的眼珠鼓起

挂在眼眶上面

一只小白虫

仰卧在绒帽上

一只黑苍蝇

站在红漆桌上

一只灰蝎子

偎在白墙上

一只黄雀

飞到屋檐上

我们会记得

这古老的院子

它有两棵树

柏树和槐树

时代的风雨

吹打着它们

有的能经得住

有的却经受不住

这样的情景

触动了人们

要编一首歌

留给后代

现在呵

我把它抄出来

第十四章

近来：老人

又喜欢沉静

月光下

独自散步

他要静一下

还要读点书

好的书太多

哪能不看呵

《论持久战》

不该不读呵

唐诗，《红楼梦》

也放不下手

现在他底手上

正卷着一本书

他躺在谷草上

作了一场梦

那谷场上面

满天的星星

好比是智慧

数不清说不完

谷场的中间

吹着风

风像那芦笛
奏着梦中老人

梦中的老人
含着微笑
迎着大嫂子
俊秀的姿影

不久——
风大了
他醒了

——正如那芦笛
奏到结局
人为之一震

一个有心思的人
往往是如此——
他越是沉静
越使他烦躁

今夜他想起
他古老的家门

他也想起
家中的花和人

当思想混乱时
老人像一粒盐
浸到开水里
他又模糊了……

第十五章

第二天晚上
敌人大进攻

隔两分钟
响一阵枪
枪声卡卡

隔两分钟
响一阵炮
炮声隆隆

葡萄架子上
照旧铺着月光

老人底脸孔
接上了葡萄

在葡萄架下
他和我并坐
我们要一同审问
囚犯李子柱

我向他提出
枪决李子柱：

　　"老先生呵
　　不要太慈悲

　　你不杀了他
　　他就要杀你"

老人动了火
几乎要发怒：

　　"手上绑着绳子
　　他往哪儿逃

手上套着绳子

还想往哪儿走"

但是那家伙

正当拉着他

拉他去执刑时

——他逃走了

他咬碎了绳子

又逃到了敌区……

葡萄架子下

老人，老人

还坐在那儿

眼睛直打转

一只白的猫

跳上葡萄架

老人立起身

头也发了昏

他当当喁喁

要追赶那白影！

呵！葡萄上
闪起红光了
人们在说——
摘下葡萄吧

——世界需要幸福
也需要青春
也需要美丽
也需要光荣

在今天
在敌人底后方
世界唱着
这战争底歌：

一

在战争里
死并不可怕

死得好

死就是胜利

也就是永生

二

在战争里

敌人并不可怕

什么可怕呢

自私，懦弱，虚伪

三

在战争里

勇敢很可贵

有了勇敢

才能为人民而战

四

在战争里

需要战斗者

——少者
老者
都来吧
让我们欢迎你
来一同歌唱
唱喜曲
也唱悲歌

但，愈是悲歌
愈要勇敢

呵，葡萄①上
闪起红光了

鹰，山鹰呵
呼着柏树

鹰，山鹰呵
鹰在高翔

---

① 人文本 63 版"葡萄"作"葡萄藤"。

听！他底呼声

落满全世界

听！在呼声中

柏树也歌唱

柏树像青鸟

飞向天空

和着鹰歌唱

呵，人们

我要拿柏树

比一个老人

老人叫周智：

  "不！不！

  我不走……

  我不走

  即便是死

  死在一起"

周智——
抖起肩
挺起胸
在高叫

他高叫
他想哭

炮火之中
几个同志
又倒下来了

他抓起了枪
架到窗子上

老人底胡髭
好比金针
晃在火光上
胡髭明煌煌

他底胡髭
短而黑
又好比铁索

发着乌亮

那胡髭上

染着泪

溅着血

挂着火焰

他捧起枪

他开了枪

窗口四围

马蹄嗒嗒

窗口对面

枪火哒哒

敌人面临着

这一个窗口

进攻，总进攻

"卡！——卡！"

周智底头盖

中了两弹
他倒下来
枪还在手上

当他倒下地
窗户也倒下
山上的岩石
也颤动了一下

老人，老人
像匹老战马
临死时
还扑了一扑

他底黑胡髭
染上了鲜血
像红的花
开成了一环

——柏树呵
青的柏树
披上红的光彩

柏树呵，柏树

染了鲜血

在一片枪火中

结了青的果子！

1942 年 10 月，革命节前夜

写于晋察冀边区。

红羊角 ①

——抗日战争中，一天拂晓，日寇进攻边区，山上牧羊人，吹动了羊角。敌人的子弹，打伤他的头额，还是呜呜不停，血滴染红了他的手，染红了羊角。

红羊角的故事，
我讲过好几次：

一

在那高山之顶，
早上有片红云；
人们传说那是
红羊角的号声。

在那红色枣林，
晚上有阵风声；

---

① 此诗收入人文本 78 版。

人们传说那是
红羊角的号声。

二

红羊角呵你的号声，
感动了日月星辰。
牧羊人呵你的号声，
传下来吧留给子孙。

望延安 ①
——记边区子弟兵的一次高山保卫战

早看——

延安的日头。

晚看——

延安的星斗。

望呵，望呵，

身上添了一把火。

望呵，望呵，

只身敢把大山守。

子弹打光的时候，

搬起一块大石头。

凭这一双英雄手，

打败鬼子有何愁？

凭这一双英雄手，

让红花开遍宇宙。

---

① 此诗收入人文本 78 版。

井①

日本鬼子说（在地道口）：
　"揭开石板来看一看，
　这口井它可不一般？"

游击小组说（在地道口）：
　"这口井它能吃掉你，
　它喷的不是泉是火焰。"

---

① 此诗收入人文本 78 版。

地道 ①

血汗来把黄土染，

红心当做灯来点；

多少警惕的眼睛，

日夜守在洞口边；

——这是地道也是宫殿。

这是历史的红线，

谁也无法来割断；

大地是一颗巨雷，

拴在这根线上面；

——万丈红线万丈火焰。

---

① 此诗收入人文本 78 版。

山里人 ①

一

手抚青山，
身在险峰。

二

站在门前，
望到天边。

三

全世界看得见，
这不屈的高山。

铁打儿女不怕刀，

---

① 此诗收入人文本 78 版。

英雄山水不怕鬼。

弹在膛，枪在肩，
腰间还有雷一串。

封锁沟，封锁线，
都封不住这头上的兰天。

女区长①

——荷花汀的故事

一

大浪当前，
岂能弃桨？

二

大敌当前，
岂能弃枪？

三

荷花女儿将——
"要捉要杀我来挡。"

---

① 此诗收入人文本 78 版。

"你说谁是区长？"
"我就是那女区长。"

"是我，是我，是我。"
荷花汀里有人嚷。

荷花汀里船起桨，
芦花荡里枪声响。

芦花荡①

一

芦花荡里的水，
有血有泪有雷。

二

芦花荡里的苇，
和我并肩作战。

三

芦花荡里的船，
船呵能划上天。
（看呵那只船上，
缴获一顶钢盔。）

---

① 此诗收入人文本 78 版。

四

芦花荡里的月，
雁翎队的伙伴。

五

芦花荡里的人，
明月一般光辉。

六

芦花荡呀芦花荡，
我喝过你的水。
我大声来赞美，
不朽的雁翎队。

我是雷声 ①

——为革命的雷声作

我是雷声。

我是雷声。

乘长风。

破乌云。

高吹毛泽东的号筒，

上昆仑，上昆仑。

我要大喊一声：

地球，地球，

来一个大翻身。

让一切魔鬼，

在火海之中，

——烧绝，

烧尽。

---

① 此诗收入人文本 78 版。

附录二：新增序跋

小引 ①

一九四九年九月，我把自己在抗日战争中写的一部分诗稿，编了一个集子：《抗战诗抄》，这是我进城后编的第一本诗集。当时为了警惕自己，也为了督促自己多写新的作品，曾经在《小记》中写过这样的一段话：

> 我并不是特别爱好这些，因而把它摆出来，我只希望它能作为一份纪念品。如果它能作为纪念品来看，就是我的很大光荣。我想，时代既然不断地在前进，我们就要不断地写新的诗！

我也向一些同志说过，我觉得自己是在开始写诗。这倒不是故作谦虚，是自己经常觉得，有许多要写的东西，还没有能写出来；在创作上，有一些理想，还没有能实现；现在所做到的，无论从人民的希望来看，或从自己的理想来看，都还差得很远。

因此，我在警惕自己：不要只记得过去，更要紧的是前进，和人民、和生活一同前进。

---

① 此文收录于人文本 54 版诗集前，人文本 63 版、人文本 78 版予以保留。

这一本集子所选录的诗，都是在一九三七年到一九四二年这一期间内写的，当然这不是全部，是一部分。另一部分，由于一时难以找到或没有经过整理和修改，也就没有选入。

我底生活，有一个较长的时期，是在动荡的环境中，对于自己底旧稿，一直没有能够全部整理一次。自己曾经想过，把全部的旧稿，完全按写作的时间或按题材的性质，另行编一编，也是需要的。为了它可以让读者明白我所走过的路，过去和现在之间的某些联系、某些变化。但这只是个计划，何时可以实现，也不敢确定。

关于这本诗集，我不想再向读者说更多的话了。目前，我们正走在社会主义的路上，伟大的祖国，我们底党和毛主席，又在召唤着战斗者们：——前进！

在这册诗集底前页，我再重复一次：

——我们不要只记得过去，更要紧的是前进，和人民、和生活一同前进。并要努力作新时代底主人！

1954 年 3 月，记于北京。

写在《给战斗者》的末页 [①]

一

当我要写这篇文章的时候，首先使我想到的是我们的革命圣地——延安。

现代中国革命的领袖，伟大的诗人毛泽东，和他的战友，曾经住在延安枣园，指挥一个时代的斗争。枣园的中间院子里，有几孔窑洞，拱形的洞门，棕红的窗棂，门窗前面，有一棵高大的绿荫树。毛主席就住在这里。近年来，藏族有一首民歌这么说：

> 由碧波的大海里，
> 长出了一棵巴桑树。
> 巴桑树的根子牢靠，
> 　穿过大地；
> 巴桑树的枝叶茂盛，
> 　长遍宇宙。

[①] 此文初刊于《诗刊》1958 年 1 月号，后收入人文本 63 版、人文本 78 版。

人们快活地在巴桑树下，

乘凉看牧场。

要问巴桑树是谁？

呵——呵——

巴桑树！毛泽东！

我自己如同一只小鸟，在一九三八年的夏天，飞到延安，也曾呼吸和歌唱在那绿荫树边。延安是一座古城，在四山之间。清凉山上的宝塔，山下的延水、窑洞、边区自卫军和红缨枪，这一切，多么令人怀念。它的每一块土，就是一个诗句；它的号声和塔顶，引起多少诗人的灵感。延安，这是无产阶级诗歌的摇篮！

一九三八年八月七日，延安城内，大街小巷，墙头和城墙上，张贴起一首一首的街头诗。大街的中心，悬挂着九幅红布，红布上面，也是写着街头诗。街头诗一出现，确实有很多拿着红缨枪的自卫军，站在墙边读诗。

当时延安的诗人们，就以这一天叫做"街头诗歌运动日"。我很幸运，也参加了这个运动。《假使我们不去打仗》《毛泽东同志》《一个义勇军》《呵，游击司令》等，就是这一次写的。除这以外，我还写得很多，很多。不成问题，我也是这个运动的积极分子！是发起人和坚持人之一。我以为街头诗的确是一种好的武器。但我要说明一下，我并不是街头诗的创造者，也

并不是"罗斯塔之窗"的模彷者 (马雅柯夫斯基的革命热情，
对我有启发)。街头诗的形式，并不是哪一个诗人能够创造的。
它是人民集体的创作。我们当时，有一个《街头诗歌运动宣言》，
宣言的开头，引用了如下的一首无名氏的墙头诗：

> 高山有好木，
>
> 平地有好花，
>
> 人家有好女，
>
> 没钱别想她。

这类的墙头诗，在各地的庙子里，岩壁上，时有所见。从
我们的政治要求来评价，它的内容，不能说是进步的。但它对
旧社会是控诉，通俗的诗歌形式，仍值得我们学习和利用。吸
收它的长处，并且提高它。一九三三、一九三四年左右，我们
在上海，也曾追求过大众化的诗歌。我的《中国牧歌》，和我初
期的一些创作，就是为了大众化也学习过民歌。但当时和工农
兵的生活，接触不多。能接触到的民歌也不多。不像现在，我
手边能有几百种民歌；不像现在，人民的解放必然形成诗歌的
繁荣。加上偏重于政治要求，在群众语言的追求上，不十分注意，
因而形式的通俗，受到了限制。街头诗的写作，加强了这两方
面的努力，因为它要面向群众。

一九三八年民族的号角，响遍在各地，也促使诗人们，必
须在这一方面多作努力，否则，人民就难以听到诗歌的声音。

诗人也希望诗歌成为武器，自己奔赴战场，参加抗日战争。是的，诗与歌只有深入到广大群众的心上，才能发挥出它的力量，配得上这美丽的名称：诗与歌。

诗与歌就是武器，我是从这里来求得具体的解释。

二

"目前来提倡街头诗（墙头诗）运动，是环境的迫切要求。"（——《街头诗歌运动宣言》）

"有名氏，无名氏的诗人们呵，不要让乡村的一堵墙，路旁的一片岩石，白白的空着。也不要让群众会上的空气呆板、沉寂。写吧，抗战的，民族的，大众的。唱吧，抗战的，民族的，大众的。我们要在争取抗战胜利的这大时代中，从全中国各地，展开伟大的抗战诗歌运动。而街头诗运动，我们认为，就是使诗歌服务抗战，创造大众诗歌的一条大道。"（——同上）

我记得，在这次运动以后，参加街头诗写作的人，不计其数。很多的地方，都可以见到。

> 汹涌的奔流呀，
>
> 你是象征先遣军的前进吗？
>
> ——无名氏作
>
> 写在神木到哈拉寨山沟的岩石上

在抗战里，

我们将损失什么？

那就是——

武器上的锈，

民族的灾难，

和懒骨头！

　　——史轮作

　写在从甘谷驿到清涧的岩石上

　　从延安到敌后（晋察冀边区）的路上，邵子南、史轮和我，还有其他的同志，常常自己提着标语筒，和用白粉笔、黑炭木，一路上写着。在门窗边，在巨石上，在被轰炸过的墙壁上，写着街头诗。《给战斗者》和《誓词》这两本诗集中，所选入的一些街头诗，有的就是在征途中写成的。我有一个计划，想编选一本街头诗选，包括从一九三八年到现在的作品。也盼望别人给我提供一些材料。

　　大约是在一九三九年，我在一个村庄的门楼上，看见了《假使我们不去打仗》这首诗，有人用很大的字写着，还配着一幅画，这使我感到街头诗的力量，也感到这是人民在鼓励我们和我自己。当时我考虑，必须彻底实现诗歌的民族化、群众化，不达目的誓不甘休！街头诗运动是一个集体的行动。街头诗就是短小精悍的通俗政治诗。工农兵群众自己，也参加了这个运动。有一位乡村的老太太，提着一篮子鸡蛋，到集市上去换红绿纸，为的是回到村里，叫人去写街头诗，这是许多写诗的人常常引以为荣的一个故事。我就是在集体的行动里，学习和锻炼自己。

"一个英雄的名字，包含了多少战士的智慧。"

"诗和歌，并不是一两个天才者的专业，不是所谓天才者的独占品。诗歌一定要和群众同心肠、共命运。"

这是我过去以《个人和集体》为题，所写的几点片断札记。

三

一位革命家说："人是时代的产物。"我看诗歌也是如此。是一九四一年吧，我住在河北平原上的一个园子里。这里有一间小屋。房东是一位老农民，他在园子里，种着半亩甘蔗和几分地的麻。园子就在村边，距敌人的碉堡，是很近的。老人非常镇定。我曾经望着他来思索，诗歌如何才能成为这些平常英雄的朋友，和他们在一起生活呢？我们从他们那里取得了灵感，如何能用他们喜爱的诗句，加倍地偿还他们？这个问题不值得我们思索吗？思索这个问题吧！

我愿意重复这样的意见，群众生活不只是包括材料和斗争的故事，它还包括思想感情和语言。提起群众的语言，我想它不只是可以丰富诗句，可以使诗歌通俗一些；它可以使诗歌通俗而又诗意很高，达到高度的水平，这两者并不矛盾。并且也可以使诗歌产生真正独创的性格和面貌。因为它含有群众的思想、情绪、智慧、希望和力量，它也含有幻想的色彩，和众多的天才。我们要描绘群众，自然应该用他们的调子发音，我们描绘其他的事物，也得要采用他们的语言，因为要他们了解。有人说，他们根本看不懂；那么，他们还可以听一听的，他们有听诗的权利。

我在一九三七——一九四二年这一个期间(这是大致的说法)，写过不少的诗。长诗《给战斗者》，虽然有许多读者喜欢它，它不过是一个"召唤"罢了。我召唤祖国和我自己，伴着民族的号角，一同行进。我的希望，是寄托在人民身上。《她底歌》，是一个斗争的记录。有一些短诗，比较通俗些，更接近民歌一些，通俗的程度，仍然有限制。这一期间，无论是长诗和短诗，都是尽力要采用群众口语的。即使是《给战斗者》这样的诗，它的序诗和结尾，也还可以看到这种愿望的。但是做得很不够。晋察冀有一个铁流社(魏巍、钱丹辉等同志所组成的)，他们用油印本，为我印刷过一首长诗。这是一九四〇年写的。铁流社的同志，有篇序文说：

> 作者以对这土地和土地上的人民极亲切的感情，大胆地冲破了枯燥的文字的封锁，用了活的，具备着生命力的，甚至还带着地方色彩的大众的语言，不是写了使晋察冀边区以外的人们看来是一个极新鲜有味的奇丽的故事(实际，这在晋察冀边区，作者所写的，不过是一些平常的事)，而是相当完整的，相当典型的，表现这新的土地。……

他们还认为："在比较完整的反映边区生活以及口语化方面，是起了开辟道路的作用。"

他们还有许多过誉的地方，过多的鼓励。这里不一一记述。我感激他们。我们刚到北京不久，何其芳、李广田两位同志，看过这册油印本的诗，也认为有可取之处。这一首长诗，已经过了十六年的时间，直到现在，我还不想把它整理出来。记不清是哪一年了，我在封面上批着"废本"两个字。又记不清是哪一年，由于觉得长诗中的女主角：——女村长王桃的形象，我舍不得放弃它，在"废本"的旁边，又注上"待改"。这一次，我打算将来有机会时，替她搬一个家。这就是说，不是改的问题，而是要重写，或者把它作为资料。为什么要这样呢？举一两个例子吧：

他抱住枪，

数了数子弹，

站在河沿上，

望他底地：

——保护我们的地！

这一节诗，思想上并没有什么错误，也还有一点形象性；只是要工农群众上口，比较困难。也还有勉强可以上群众之口的，例如：

血不会白流，

流过了一场血，

我们有一个丰收。

　　从全诗来看，这样的句子不算多。我并不以为上群众之口的就是好诗。能上群众之口，或有这种可能性，总是好的。我总觉得不能完全上群众之口，是一件值得注意的事情。因此，进城以来，我一直把它压着，觉得拿不出手。顺便说一说，我倒是觉得，长诗《戎冠秀》和《赶车传》，在人物的刻画上，和语言的使用上，比这种情况好得多的。这是在我响应党的号召，下乡参加一段党的工作、群众工作以后写的。尽管有一些读者不喜欢它，我自己倒是重视的。原因是劳动人民确实可以接受的。我自己看到过，一个村公所的墙壁上，满满地贴着《戎冠秀》这首诗，从头到尾，一行不漏，全部是抄录的。《赶车传》在群众中朗诵过，有些高级知识分子，也还重视它。

　　好些年来，我常常在两种读者之间，来对照和分析他们的看法。他们好像站在两极，意见、趣味及论断，是那样的分歧，像是两个世界上的人。而我是一边倒的。我重视我的责任。我重视群众的看法。我还不是一个非听好话不可的作者。说好的，我未必真以为是好。说不好的，我也有时未必以为是坏。

　　有人以为，《给战斗者》和《赶车传》，是截然不同的东西。这也未免说得有点过份。我可不大赞同这样的见解。这两者，写作的时期是不同的，有不同之处，也有相同之点。有变化也有联系。在长期的战争环境中，写作的题材，我多半偏重鼓动性，我的情绪，又特别激动，似乎无法控制它。《给战斗者》诗集中《她底歌》就是如此。所以经过了一次修改。无法控制的情绪，就是缺乏锻炼。诗和歌，任何时候，都需要政治激情。政治激情是诗的灵魂。但激情的表达，要有完善的轨道。飞机在空中飞行，是有航线的；瀑布从高崖上倾下，是依靠岩壁的。

四

我是革命队伍中的一员。我的写作的责任，毫无疑问，就是歌颂无产阶级和共产主义。这个志愿，确定得比较早。在党的怀抱里，我长大起来。由于党的教育，许多朋友的关怀，我对自己的工作，从不动摇，始终勇气百倍，有无限的信心，坚决为工农兵服务。

我愿意做最艰巨的工作。不愿意在每一首诗里，偷巧地放上几个美丽的字眼，来表示自己的立场和倾向。我要歌唱新的人和新的斗争，歌唱工农兵群众及其领袖、干部和将军，歌唱各种建设社会主义、共产主义的人。从事件和背景来说，这就是：战斗、劳动和土地。我对新人新事，很有兴趣。除了我的耳闻目见之外，积蓄的材料也不少，有几个布包，装的全是材料。按这些材料说，我是写不完的。不过，所有的材料，多半是用作参考，帮助幻想和抒情，做一些依据而已。我接触过的事物，我才肯写它。适宜于写散文的素材，不勉强把它写成诗，把它写成散文，或者写成通讯。

也不肯一般地叙述人，我要从具体的行动中来描写人。

也不只是这样，即使在我所见所闻之中，还有选择和概括。《名将录》这一组短诗，是我尝试描写一下我们的几位将领。这几位将领，我接触得较多，每一个人的故事，都可以写一首长诗。而我只写了几首短诗。在百团大战期间，杨成武同志带着一个部队，攻打井陉煤矿，我到过他的指挥位置。本来我所看到的这一个场景，很可以写一写的，后来在写《马上取花》时，我选择了另一事件，这一事件更可以表现革命的将领，不但勇敢，而且很有智慧，善于思想，充满信心。《山中》的写作过程，也大致是这样。

写《偶遇》时，则着重将军和群众的亲密关系。照我看来，这一些正是革命军人的特点，是本质的内容。我参加过一些战斗，写炮火写得少，因为炮火写得多了，枪弹也可能变成羽毛。在这一组短诗里原计划再多写几位同志，没有敢写下去，因为有一些著名的将领，我没有接触过。这几年来，倒是想补写几首的。

在前面提到过，要歌唱新人新事，就得深入生活改造自己，就得采用新的语调。不做这些艰苦的工作，梦想在空中建筑一座楼阁，只是空想罢了。有人引用这样的名言："愈是诗的，愈是创造的"，借以强调"创造性"的重要。名言大都是对的。但请不要理解错了。我想只有向群众学习，才可以谈得上创造。

完全是个人的创造，是没有的事情。为了歌颂新人，我在不断地向群众学习语言。在土地改革的过程中，记录的最多。这些语言，明确的阶级观点和独创的词藻，在百科全书上，也很难找得到。它对我的帮助也最大。语言是人们的声音，也是人们的心灵。它和诗歌有特殊的密切关系，是生死相连的。我总是希望自己写作的每一个字、每一句话，不成为废品，不蒙上一粒灰尘。中国古典诗歌及民间创作所用的语言，也吸引过我；节奏明确，言简意深，在同一首短诗里，能够做到思想情感深厚，意境如画，而音节十分铿锵，它怎么会不吸引人呢？它的意境，我们是不能重复的。它的情调，我们也不能重复。语言也不能重复。它掌握语言的各种经验，是应该学习的；至少也应该研究的。稍微细心一点的人，就可以看得出，无论是古诗，无论是民歌，和群众的语言，有血缘的关系，是一个母亲所生的。如同俗语所说：当初是一块石头，后来才分界的。我在这方面做了一点研究，时间并没有浪费。一位作曲家(可惜他已经逝世)，竟然能把《换天录》那样连续性的十七首小诗，谱成歌曲，制成了一个大合唱。这也使我相信自己的探索。

五

我还有不少的旧作，没有能够把它整理出来。这是由于时间来不及。我愿意赶写新的、更新的作品。在新的生活前面，我不甘落伍，决心多看一看，自己也参加做一点。新的生活，经历得越多，对于以往的斗争，就会多一番体会；在选材上，在结构上，在形象上，也就有可能更接近本质，更接近典型，更趋向真理。我们是为真理歌唱，不是为事实简单地照一个相。待有适当的机会，我再找一个集中的时间，对于那些旧作，做一点清理的工作。

有一首民歌，是多么地鼓舞人呀：

> 走得越远，
> 地方就越好，
> 越远的地方，
> 花和草越多。

另一首民歌，也在鼓舞我们前进：

> 毛主席的教诲，
> 要牢记在心上，
> 每当你翻过一座山头，
> 就有一番新的体会！

在我临下乡以前，克家同志和诗刊社的其他同志，嘱咐我，一定要把这篇文章写起来。推辞不掉。这里仅就记忆所及，把一段时间以内的写作经历，匆匆地叙述一遍。我所用的是磅秤，不是天平；因为用磅秤，更可以衡量我自己，不必像天平那样，还要牵涉到别人。

我还在学习中。还要继续深入生活和改造自己！

1957 年 12 月

《给战斗者》重印补记 ①

近接人民文学出版社来信，为重印《给战斗者》，征求我的意见。

伟大革命导师毛主席给陈毅同志谈诗的一封信，不久前发表了。毛主席对新诗创作的教导，我是十分拥护的，并要坚决执行的。作为一个共产党员，党的号召，就是自己创作的生命。实际上，在《讲话》以后，我开始有所体会，逐步努力改造自己的世界观，以至改造文风，但进步很慢。直至全国解放，一九五八年"大跃进"时，又提高了认识，想起自己过去的创作，应当改正和补救之处很多。

这次，《给战斗者》的重印，这是一个修改的机会。可是，若要真正改，势必大动，而要大动，自然又难以完全符合当时的面貌。于是只抽去几篇，改正一些字句，再加上几首诗传单。诗传单有的是根据当时的初稿回忆写起来的，并非一定是原状。

这里附带说一说，一九三四年左右，我在上海参加革命工作和初学写诗时，虽有向民歌学习的愿望，没有坚定做下去，原因不少，主要是自己的幼稚。当时看过一点有关苏联马雅可

---

① 此文收录于人文本 78 版。

夫斯基的论文，对诗如何到广场去，诗如何在"罗斯塔之窗"等等，其革命精神，吸引了我。我们后来（一九三八年八月）在延安发动街头诗运动，和这有一些关系。当然主要还是党和延安革命形势的影响和战斗的要求。我看过介绍他的一些文章，可是没有看到他的作品，尤其是"罗斯塔之窗"里的诗，是什么样子我不清楚。

后来，有人（包括有些国外人士）常问我这个问题，我的回答是：他的革命精神，对我有一定的影响。所以我也没有写过"楼梯诗"，有的诗中，诗句排列，有些高低，这是在战争环境中，情绪不稳定，写作不纯熟所致。我说我的那些作品，基本上是长短句。苏联译者，过去曾把我的《给战斗者》按楼梯形给译过去，显然这是一种误传。现在趁此机会解释一下，并向读者作一点说明。

我在《小引》中，提到这本书，希望它作为一份纪念品，不能作为一份纪念品，我也是惭愧的，作为一份普通的历史诗记，也是不合适的，只能说是我所走过的道路，它是在当时历史环境中所写的篇章。闻一多先生还曾对此特别鼓励，所以我要回答。这里我抄下，我曾经给一位战友写过如下的几句话——"这是在暴风雨的年代写的旧作，没有能遵照毛主席的教导，做到政治和艺术的完全统一，我为此感到惭愧。想起毛主席和周总理对自己的关怀、鼓舞，自己更应努力，不惜粉身碎骨，为工农兵鞠躬尽瘁，死而后已！"

于今重印，不忘前进与改造自己，紧跟华主席为首的党中央，胜利前进！岁月飞逝，多么快呵，几十年间，有如一瞬。回顾以往的经历，和战斗的根据地，对伟大导师的教导，怎能忘怀？从者前进，违者后退。

今年四月十日，正是毛主席在阜平革命实践三十周年纪念日。毛主席曾在阜平住了四十多天。敌人闻讯追踪，炸弹炸穿了主席在城南庄的住所。住所中的木柱，也被炸穿了几个眼。然而主席却未受伤。后移至城南庄附近的花山，在花山住了一个短时期，又移至平山西柏坡。这是 1948 年，今年是 1978 年，已经三十年了。

阜平人民为了纪念毛主席此行，在城南庄修建了一所纪念馆。我有机会，能再回城南庄，参加盛大的开馆典礼。重来阜平县，投入乡亲怀；重来阜平县，站在高山望未来。往日老战士，天是你们开；今日新战士，地要你们裁。阜平巍巍的大山，是我的母亲。半山坡上，当年毛主席和一位农民谈话后，这位乡亲，栽下一棵花椒树以为纪念。今树已长高，绿叶丛丛，云山的一切情意，尽收其中。唤千家，呼万户；突敌围，阻弹雨。当树上结满红果子时，恰似火铸。这是火种呵，正是创业的里程碑，是战斗的教科书；革命路上，一幅新图。诚然，迢迢长征路，岂止二万五。代代接着走，辈辈英杰出。望着你，战士昂首阔步；抚抚你，导师之志刻心骨。我是喝过胭脂河的乳汁长大的。满腹波涛，奔腾不已。稍暇，记下几缕思绪如下：

重峦叠嶂之间，

立起一座新馆。

白云轻轻缭绕，

山桃枝枝相攀。

当年白杨树下，

昔日战马犹健。

河水远流天际，

仍要回首一盼。

谁想到——

沙土中有金泉飞溅。

谁想到——

大沙河镶有银栏。

江流石已转呵，

渌岛飞入眼帘。

多少红色长矛，

守立金的山端。

多少红色长缨，

伴着山中壕堑。

新的长征号角，

催我前去作战。

何畏自己身残，

不负江山灿烂。

呵，毛著是宝刀，

呵，群山是征帆。

北岳儿女千万，

壮志如火高燃。

看——

在这万山之巅，

巨人留下锐眼。

看——

战士长驰骋，

胜利今回还。

奔向 2000 年，

四化之日红丹丹！

（《回阜平》初稿，记于阜平。）

　　回忆毛主席的教导，回忆自己当年于战火纷飞中、多次往来于城南庄；征途之上可回首，阜平山上红灯照，革命红灯永不熄，热血洒处见宝刀。我在这里，仍不顾拙笔粗陋，又写《三十年间》一稿；机会难得，借此良机，再把它抄在下面吧：

　　踏遍这万里河山，

　　不忘这一座雄关。

　　太行山我的母亲呵，

　　你仍然没有白发。

　　在你金的头顶上，

　　山桃花开现童颜。

　　岁月呵飞飞箭闪，

　　一转眼三十年间。

　　纵有魔影在徘徊，

　　难挡你青春焕发。

　　你的战士回来了，

　　终身为你去登攀。

　　你的战士回来了，

　　星火璀璨把刀炼。

　　为你、

为你、

为你四化之日，

为你英特耐雄纳尔，

向那最高峰登攀！

1978 年 4 月，补记。